Wesen der Stille

Mörder und Verbrecher

Detlef Kahne

AF145826

Wesen der Stille

Mörder und Verbrecher

Detlef Kahne

Impressum

TWENTYSIX

Eine Marke der Books on Demand GmbH

© 2023, Detlef Kahne

Herstellung und Verlag: BoD – Books on Demand, Norderstedt

ISBN: 9783740725150

Inhaltverzeichnis

Kapitel   Seite

1. Der König von den Lichtwesen und den
   Schattenwesen..................................10

2. Das Phantomgefühl: Ich bin es nicht!........19

3. Der Hybrid...25

4. Die Ruine von Bagdad..........................36

5. Das Komitee......................................48

6. Die Heirat in eine neue Dimension..........70

7. Die Hybriden-Familie...........................83

8. Der Anfang der Sucht...........................88

9. Die dunkle Gestalt.............................101

10. Jimmy...117

11. Mari..136

12. Der Kiez...152

13. Die Psychiatrie................................162

II

Vorwort

Das Lichtwesen, das Licht in deine Hoffnung und Selbstbeherrschung vergibt, das Schattenwesen, welches Schatten dir vergibt, dem du nicht glauben willst, doch trauen musst.

Kapitel 1

Der König von den Lichtwesen und den Schattenwesen

„Ich Herrschaft unbekannt und unauffindbar bin euer König, verehrte Lichtwesen und Schattenwesen, ihr dient der Menschheit im Einklang mit den Göttern und wir führen zusammen die Menschheit durch ihr winziges kurzes Leben und bringen die guten Menschen zu unserem Reich, den die Menschen als Himmel verehren."

„So habe ich Herrschaft unbekannt und unauffindbar mit den Göttern euch Werkzeuge und das Können verliehen, damit ihr die Menschheit wie im Guten so im Bösen bestimmt!"

„Dieses Können und die Werkzeuge können wir nicht verantworten, wenn der Menschheit dieses Tun als göttlich bekannt wird, und das darf nicht in die falschen Hände gelangen und es muss der

Menschheit verschwiegen werden, dass wir den Menschen weitere Chancen auf Erden geben, um über den Tod hinaus zu existieren."

„Lichtwesen und Schattenwesen, ihr müsst euch hüten vor Außerirdischen und Menschen, die ein Medium sind, diese können und haben die Eignung wie wir, die die Menschheit zu bestimmen vermag, die größte Gefahr wären Außerirdische, die im eigenen Bedürfnis handeln, die den Menschen zu zerstören vermag, um die Weltherrschaft auf sich zu nehmen, doch auch Menschen, die mediale Fähigkeiten besitzen, können dahinterkommen, wie wir die Menschen bestimmen und durchs Leben führen, diese Menschen erkennen üblicherweise uns und nehmen uns wahr."

„Zurzeit gibt es keine Außerirdischen, soweit es uns bekannt ist, die unser Reich stürzen wollen, doch seid auf der Hut und meldet

Unregelmäßigkeiten oder seltsame Vorkommnisse, die die Menschheit gebärt oder die von außerirdischen Wesen, die unter uns sind, als harmlos eingestuft sind."

„Die Lichtwesen und Schattenwesen sind seit 2012 den Menschen vorgestellt worden als Außerirdische, die sich auf dem Planeten Erde niedergelassen haben. Diesen Schritt mussten wir wagen, da sich eine außerirdische Macht uns nähert, die der Menschheit und uns gefährlich werden kann."

„Seit 2012 haben wir durch unsere Existenz, auch wenn es als außerirdisch bekannt gegeben wurde, Menschen die Angst genommen, die von anders aussehenden Wesen, die der Menschheit voraus sind. Was die Menschheit nicht weiß, ist, dass wir irdische Wesen sind, die die Menschen führen, und die Religionen sind unsere Vereinigung mit der Menschheit, doch wir müssen uns als außerirdisch bei der Menschheit bekannt geben. Dieser Zug dient der Bewältigung der Angst, falls Außerirdische eine Invasion auf der Erde starten, denn die Angst ist ein Segen, den Menschen zu bestimmen, doch auch ein verheerendes Gefühl, das den Menschen bestimmen kann sowie den Menschen zerstören kann."

„Ich möchte euch Berichterstattung geben von Vorkommnissen, die Kriege gebären!"

„So hört, Lichtwesen und Schattenwesen, wir müssen als Außerirdische der Menschheit noch mehr Liebe verleihen, doch wir werden uns jetzt auf Vorkommnisse konzentrieren, die Kriege gebären von Menschen, die mediale Fähigkeiten haben, doch sich dem Bösen verschrieben haben. So bitte ich euch, lernt daraus, illuminiert diese Verräter."

„Da viele Menschen, die als medial bestimmt sind, werden wir wie immer das Selbstbewusstsein, die Selbstbeherrschung und natürlich die Selbstverantwortung infrage stellen!"

„Ihr wisst, dass es Können erfordert, ich habe euch alles mit den Gottheiten der Welten überbracht, seit mehr als 2000 Jahren ketzeln wir Menschen, die medial sind, wie im Guten, dass diese unser Reich betreten können, und wie im Bösen, dass diese alles verlieren und denen am Ende durch euch die Seele und der Geist entnommen werden. Um herauszufinden, wie ihr bestimmt, ist der Kontext: Liebe den Nächsten, das Gebot und natürlich die Zehn Gebote zu beachten, so bringt diese um, damit sie sündigen und dessen Geist und Seele unsere Frucht der Jungheit und des Allmächtigen wird, nimmt Rücksicht, je mehr fallen werden, desto schneller entsteht ein Krieg auf Erden und es ist wieder so weit, zwei Generationen gab es Frieden, in der Zeit haben unsere Brüder und Schwestern die Menschheit bestimmt. Es sind wieder zu viele, die nicht durchkommen, der einzige Ausweg ist das Verleihen einer Psychose an den medialen Menschen, somit holen wir diese zu uns und die Beichte derer, die es schaffen, wird als großer Bestandteil der Bewegung, wir werden diese Beichten, die wenigen von denen, die es schaffen, als die Vergebung betrachten, und Menschen das verleihen, was die Beichte ausmacht, seid auf der Hut und schätzt einen Sterblichen richtig ein, dass dieser wirklich ein Mensch ist, und vergebt diesen die Beichte der medialen Menschen, die mit uns im Reich existieren, auch wenn diese es nicht schaffen, ihr könnt dessen Familie verzeichnen und somit im Guten diese Familie zu unserem Reich befördern oder im Bösen die Seele und den Geist entnehmen, und beschert unseren Brüdern und Schwestern den Brunnen der Jungheit."

„Somit ist der Mensch nackt vor uns!" „Stellt das Selbstbewusstsein infrage, bringt somit diese Auserwählten zur Perversion, stellt die Selbstbeherrschung infrage, somit verleitet diese zu einer Straftat, und stellt die Selbstverantwortung infrage, somit soll diesem alles entnommen werden und einer Drogensucht bis zum Ende seiner Zeit vergeben werden.

Ich werde euch Kinder vorstellen, die es medial leider nicht geschafft haben, zu unserem Reich zu kommen. Sie wurden zu Verbrechern und Mördern, ich werde euch vermitteln, was dessen Lichtwesen und Schattenwesen errichtet haben durch die Vergebung und die Verzeihung."

„Ich werde euch Kinder vorstellen, die auf einem guten Weg sind, auch wenn diesen eine Psychose vergeben wurde, was dessen Lichtwesen und Schattenwesen verrichtet haben.

Ihr müsst daraus lernen, damit mehr Menschen zu unserem Reich kommen. Brüder und Schwestern beherrschen das Kraftfeld dessen auserwählten medialen Menschen.

Diesen schicken wir unsere Hybride als Freunde, Nachbarn getarnt als eine übliche menschliche Familie, dieses erleichtert unser Vorhaben, somit kommen wir noch schneller zum Ziel, was diese Auserwählten ausmacht, so sollen die Hybride eure Diener werden und ihr hört euch die Beichten dessen Betrachtung auf das Geschehen der Auserwählten und dessen Tun auf die Vergabe und Entnahme der Kraftfelder eines Auserwählten, nimmt die Auserwählten komplett ein, beichtet den Hybriden und übermittelt gemeinsam, dass diese nackt sind, somit nimmt die Privatsphäre, dringt euch in die Intimsphäre ein

und entnimmt jegliche Selbstachtung der auserwählten medialen Menschen."

„Unser Reich übermittelt durch Medien auf der
Erde euch und euren Auserwählten die Verhal-
tensstruktur genannt als Mode, so benennt Arte-
fakte, die im medizinischen Bereich und sozialen
Bereich entstehen, kreiert neue Psychosen und
holt euch Anerkennung, vergesst nie den Grund-
satz und den Begriff Illumination! Habt Erbar-
men, seid barmherzig, vergesst nie, dass ihr
Herrschaft unbekannt unauffindbar dient und
nicht den Menschen, somit stell ich euch Fälle
vor, die diese Generation der Menschen, der
Lichtwesen, der Schattenwesen und deren Hybride erlebten, betrachtet diese Fälle im vollen
Umfang in euren Herzen, da diese Menschen
sich verlieren und Trojaner auf unser Dasein gebären."

Kapitel 2

Das Phantomgefühl: Ich bin es nicht!

Es war Frühling im Jahr 2022 in Bagdad, Irak, die Sonne drang durch das Fenster, eine menschliche Familie, die als Medium bekannt war, aß zum Frühstück. Der Sohn und die Tochter saßen zwischen Mutter und Vater sich gegenüber, die Lichtwesen und Schattenwesen begleiteten die Familie im Sozialen und entnahmen denen jegliche Ruhe und Liebe, die zur gebären sein Dasein hatte, so fängt der Vater an, die Mutter anzuschnauzen: „Es ist deine Schuld, wegen dir hab ich keine Ruhe!"

Der Sohn schützte die Mutter und er widersprach dem Vater: „Vater, Mutter hat doch nichts getan!"

Die Schattenwesen erhöhten dem Vater den Blutdruck und gaben ihm leichte elektrische Impulse am Kopf, die Lichtwesen traten dann zurück und nahmen das Vernehmen des Vaters auf, dabei flüsterte ein Lichtwesen ihm ins Gewissen, die der Vater als Zwangsgedanken empfand: "Schade, dass du es als Kind nicht begriffen hast,

19

dass du ein Medium bist, doch du hast einen Sohn und eine Tochter, wo du stolz drauf sein kannst!"

Die Lichtwesen gaben dem Vater dieses als seine Gedanken und erhöhten das Kraftfeld des Vaters, der Vater nahm die leichten elektrischen Impulse, die sein Haar und die Kopfhaut bedeckten, als ein Zeichen der Furie, das Blut drang in seinen Kopf ein, als das Lichtwesen seinen Blutdruck erhöhte, gleichzeitig wollte der Vater seinem Sohn widersprechen, so bekam er vom Lichtwesen das Geständnis und die Bestimmung zu handeln, als sein Verstand dieses Geständnis registrierte: „Schade, dass du es als Kind nicht begriffen hast, dass du ein Medium bist, doch du hast einen Sohn und eine Tochter, wo du stolz drauf sein kannst!", als seine Gedanken aufnahm, so wurde dem Vater bewusst, dass es sein Gedankengut war und Empfinden auf seine Familie, der Vater erwiderte in seinen Gedanken die Zwangsgedanken von den Lichtwesen und Schattenwesen:

„Schade, dass ich Kinder mit ihr habe, mein Sohn ist nicht mehr ein Kind und ich konnte es schaffen, anders zu leben, doch meine Frau hat

Schuld, mein Sohn schafft es nicht, mein Sohn zu sein!"

Die Lichtwesen nahmen das Geständnis des Vaters auf als sein Vorhaben, und gaben ihm dieses in den Verstand: „Schade, dass du es als Kind nicht begriffen hast, dass du ein Medium bist, doch du hast einen Sohn und eine Tochter, wo du stolz drauf sein kannst!"

So stand der Vater in Furie mit den Zwangsgedanken überzeugt auf, mit seinen Vorhaben und seinem bösen Gedenken im Missverständnis zur brüderlichen Beichte und Vergabe der Schattenwesen und Lichtwesen.

Das Kraftfeld des Vaters ist hoch gesetzt, der Vater in Furie, die Haare wie elektrisiert, die Kopfhaut gereizt, der Vater dachte über sein Missverständnis nach und war überzeugt, dass seine Familie ihn in Wut leitete, er gab sich nicht die Schuld, sondern seinen ungewollten Kindern!

Der Vater sah das Messer, was noch vom Fleisch voller Fett war, welches sich der Sohn auf das Brötchen nahm, die Mutter voller Angst bekam noch von den Lichtwesen und Schattenwesen eine Entnahme des Kraftfeldes über der Brust, die Tochter bekam das Gleiche unscheinbar, so verleiteten die Lichtwesen und Schattenwesen die Familie zur Hilflosigkeit.

Der Vater schaute seinen Sohn an und bekam vom Lichtwesen die Fixierung des Messers, welches der Sohn neben seinem Teller hatte, der Vater griff das Messer und warf den Tisch auf den Sohn, so fiel der Sohn vom Stuhl und der Tisch auf ihn, die Sonne verschwand in dunklen Wolken. Die Tochter überkam die Todesfurcht, sie stand auf und stellte sich vor die Mutter und sie schrie ihren Vater an: „Hör auf!" Sie war unter Tränen, die Mutter und die Tochter fühlten durch ihre Brust ein Bedrücken, eine Hilflosigkeit, so als ob man sterben musste.

Der Vater schaute seinen Sohn sehr aufgeregt an, der Sohn zog seine verletzten Beine, die durch den Aufprall des Tisches verletzt waren, raus, er weinte und schrie: „Meine Beine", in Tränen bettelte er seinen Vater an: „Bitte lass das Messer los, tue meiner Schwester nichts, das ist deine Tochter, lass meine Mutter in Ruhe, das ist deine Ehefrau."

Der Vater in Rage bekam von den Wesen das Bedürfnis zu scheißen, so empfand der Vater dieses als Angst vor seinem Sohn, doch er sagte sich ins Gewissen „Meine Ruhe ist wegen euch nicht mehr da!"

Der Vater sah nur einen Weg, seine Familie umzubringen!

Er fiel über seinen Sohn mit dem Trugschluss, dass er wegen seinem Sohn scheißen musste und somit kein Mann zu sein. Der Vater griff das Messer, kraftvoll hält er das Messer wie einen Spieß in der Hand, er hob seine Hand mit dem Messer hoch und rammte das Messer wie einen Dolch in ihn rein, das Messer durchdrang das Herz von dem Sohn, ihm lief das Blut aus dem Mund, die Mutter schrie mit der Tochter hilflos mit der zugefügten Angst an der Brust durch die Lichtwesen und Schattenwesen, der Vater ließ das Messer in seinem Sohn drin und wandte sich mit dem Gewissen: „Was hab ich gemacht!", zur seiner Tochter und seiner Frau, doch die Lichtwesen und Schattenwesen beschworen das Jüngste Gericht und stellten dem Vater das Tun infrage, dass er es wollte, somit überkam den Vater ein Gefühl der Erfüllung, des Sieges und er schaute seine Tochter an, als sie sich das erste Mal selbst mit der Gabel weh tat, sie war unter

Tränen, hilflos stach sie sich wie auf Borderline die Gabel in die Hand und schrie in Tränen: „Das darf nicht wahr sein, mein Bruder, du hast ihn umgebracht!"

Die Wesen bestimmten den Vater und gaben ihm das Gefühl eines Wegrennens eines Verbrechers, der Vater nahm dieses Gefühl so auf, dass er das Haus verlassen sollte, so lief der Vater aus dem Haus und die Kraftfelder, die zugefügt von den Wesen waren, wurden am Vater schwächer, er kam zu sich und knickte nach ein paar Metern auf der Straße zusammen, er brach in Todesehrfurcht, die Wesen sperrten ihn ein, im Nachhinein auf das Jüngste Gericht. Der Vater zusammengebrochen in Tränen flehte seinen Gott an: „Ich war es nicht", „Ich bin nicht schuld", die Wesen betrachteten ihn als einen Hund, der aus Mitleid kläffte.

Kapitel 3

Der Hybrid

Die Lichtwesen und Schattenwesen erinnerten den Mörder und Verbrecher an seine Kindheit, wo er gestohlen hatte, dieses Gefühl überkam ihn und die Lichtwesen und Schattenwesen gaben ihm zu erdenken, dass auf ihn das Jüngste Gericht wartet, er hörte die Schattenwesen, die hinter ihm waren, vor ihm reden, die Lichtwesen, die rechts neben ihm waren, hörte er so links von sich aus, eine Psychose war in ihm geboren, somit ist es für den Mörder wie eine Hochzeit, bis uns der Tod scheidet, die Stimmen wurden immer lauter, er flehte seinen Gott an, welche die Lichtwesen und Schattenwesen für ihn waren, so kläffte er vor Mitleid und die Lichtwesen sowie die Schattenwesen redeten deutlicher zu ihm und aggressiver: „Stirb, du hast deinen Sohn umgebracht, dafür bekommst du das Jüngste Gericht!" Der Vater hat das Stirb und das Gericht in seinen Gedanken realisiert, zusammengebrochen machte er sich Gedanken um die Folgen, dass ihn das Gericht erwartet, welches ihm paar Jahre Knast vergibt, doch das Schattenwesen erwiderte diese Gedanken und befahl ihm zu beten, so betete er wieder mitten auf der Straße.

Herrschaft unbekannt und unauffindbar hat diesen Vorfall beobachtet und schickte einen Hybriden zu ihm, der das Jüngste Gericht vollstrecken soll, der Hybrid, getarnt als ein hilfloses Kind, kam hinter ihm hervor, mit der Stimme eines Kindes sagte er zum Vater: „Was hast du denn?" Die Lichtwesen und Schattenwesen maßen seine verlorene Selbstbeherrschung und gaben ihm Zorn, den er am Tisch schöpfte und seinen Sohn umgebracht hatte, der Vater wurde darauf wieder auf Furie und wollte das Hybrid-Kind angreifen, der Hybrid transformierte sich zu einem Hooligan mit einem roten Trikot und seine Stimme wurde erwachsener und aggressiver: „Was hat du denn?", sprach der Hybrid den Vater noch mal an: „Sag es mir!" Die Lichtwesen und Schattenwesen gaben dem Vater eine Chance, mit einer Psychose im menschlichen Knast zu verrecken oder gleich umgebracht zu werden, der Vater entschied sich für das Jüngste Gericht.

Der transformierte Hybrid fixierte Körperstellen am Vater, wo er ihn mit Händen und Beinen, die wie Stein oder Eisen waren, schlagen würde, so sprach der Hybrid zum Vater: "Du hast deinen Sohn getötet!" Der Vater, der in Furie war, realisierte, dass er dem Hybrid, der sich der Situation angepasst hatte, nichts davon sagte, in welcher Lage er sich befand, er drehte sich noch mal um, um zu sehen, ob seine Frau oder Tochter dem Hybrid was davon erzählten, doch er war alleine mit dem Hybriden auf der Straße, der Vater wusste, dass was nicht stimmt, so bekam er von den Lichtwesen und Schattenwesen Todesehrfurcht, doch der Vater wagte, sich den Hybriden anzugucken, er sah einen Menschen mit einem roten Trikot, einer Glatze und einem fiesen bösartigen Blick, der auf den Vater herabschaute, er sprach zum Mörder und Verbrecher: „Es ist Zeit für dich!" Der Hybrid nahm mit seiner Härte wie Stein und Eisen den Vater an sich, mit einer Hand am Kragen hielt er ihn in der Luft, mit der zweiten Hand schlug er den Vater an die Schläfe, es fühlte sich für den Vater so an, als ob eine Eisenstange oder ein Stein ihn an die Schläfe traf, der Vater fiel zu Boden und sackte ein, mit dem zugefügten Befehl von den Lichtwesen und Schattenwesen machte er am Boden noch seinen Körper gerade, damit der Hybrid ihn richtig treffen konnte. So fing der Hybrid mit seinen Beinen den Vater zu schlagen an, jeder Tritt brach ihm Knochen, so war sein Schädel zertrümmert und der Hybrid trat noch in die Rippen, so hart, dass diese seine Lungen durchlöcherten, der Vater spuckte Blut und wurde erst beim klinischen Tod zu seinem Gott gebracht, der die Lichtwesen und Schattenwesen waren, sie sprachen ihn im Jenseits an: „Somit hast du uns gebeten, dass dein Verbrechen nicht wahr ist und doch war deine Tat durch deinen Körper, Geist und Seele verbracht, somit hast du keine Rechte, unser Reich zu betreten!" Der Vater tot, der sich nicht bewegen konnte, fand seine Ruhe.

Die Lichtwesen und Schattenwesen kehrten zu der Tochter und der Mutter ins Haus zurück, die Tochter wurde von den Lichtwesen im Gewissen gefragt: „Willst du Borderline schöpfen, um dem seelischen Schmerz körperlich standzuhalten!" Sie bekam vor der Brust ein Kraftfeld zugefügt, das sie standhafter machen sollte, doch die Tochter ertrug das Fremdgefühl nicht und schnitt sich die Pulsadern auf, sie verblutete und beging somit Selbstmord, ihr Geist und ihre Seele waren wie gefesselt am Körper, die Lichtwesen und Schattenwesen sprachen zu der toten Tochter:

28

„Mit deinem Selbstmord wirst du Ruhe finden und unser Reich nicht betreten dürfen!" Die Mutter sah überall Blut, die Lichtwesen flüsterten der Mutter zu: „Räche deine Kinder, wir werden dich dann aufnehmen, der Versuch, zu rächen, ist eine Genugtuung." Die Mutter ergriff Mut, sie nahm das Messer und rannte aus dem Haus, sie sah den leblosen Körper des Vaters neben ihm der Hybrid, der als eine Oma verwandelt war, um die Mutter zu beruhigen, so drang Herrschaft unbekannt und unauffindbar in den Hybriden ein, um mit der Mutter zu reden, die besessene Hybrid-Oma nahm die Mutter an die Hand und sagte ihr: „Kindlein, du wirst stark sein müssen, dein Ehemann ist, so glaube ich fest daran, von uns gegangen!" Die Lichtwesen und Schattenwesen knieten um die Oma herum und die Ehefrau, die alles verlor, und erinnerten sie: "So sag unserem König, dass deine Tochter durch Selbstmord auch von uns gegangen ist!" Die Mutter voller Tränen, die dem Hybriden nah stand, wiederholte Herrschaft unbekannt und unauffindbar die Worte der Lichtwesen und Schattenwesen, die Mimik der Oma bekam große Augen und sagte ihr: „Du hörst deinen Gott richtig." Der Hybrid als besessener von

Herrschaft unbekannt und unauffindbar freundete sich mit der Mutter an und gab ihr Beistand. So war es Zeit, dass die Polizei und der Krankenwagen eingetroffen waren, die Menschen kümmerten sich beherzt um die Mutter, die alles verloren hatte. Die Lichtwesen und Schattenwesen vergaben der Mutter eine Psychose und sie teilten der Mutter den Gedanken, dass sie und ihr Sohn sich im Reich wiederfinden.

Die Polizei nahm eine Zeugenaussage auf, welche die Mutter und die Hybrid-Oma erzählten, doch der Hybrid schilderte als eine hilflose Oma, dass sie nach der Tat ankam und sah die Mutter rausrennen mit einem Messer. Die Polizei glaubte der Mutter alles, was sie sagte, so bekam sie eine Adresse, wo man ihr psychiatrische Hilfe in Bagdad anbieten konnte, die Oma wurde wieder von Herrschaft unbekannt und unauffindbar besetzt, die Mutter bekam von den Lichtwesen und Schattenwesen intensivere psychische Störungen durch Kraftfelder injiziert, sodass die Mutter wie im Rausch psychisch krank wurde, die Oma nutzte das aus und kam zu der Mutter, um ihr Beistand zu leisten. So gingen beide zu einer Wohnung, die nicht weit entfernt vom Tatort war, die Oma sagte der Mutter, die ihre

Familie verlor: „Hier darfst du so lange wohnen, wie du willst", und sie führte die Mutter durch die große gut eingerichtete Wohnung bis zu dem Gästezimmer, wo die Mutter schlafen durfte, sie sah ein Bett, das frei stand, sodass die Lichtwesen und Schattenwesen am Bett stehen konnten. Die Mutter bekam einen heißen Kakao von der Oma und sie sagte: „Hast du noch einen Wunsch?", die Mutter sagte: „Ich würde gerne duschen und mich hinlegen", voller Tränen bedankte sich die Mutter beim Hybriden und ging sich duschen.

Die Mutter bekam Kleidung von der Oma und sie ging zu Bett, die Mutter legte sich hin und schlief sehr schnell ein, die Oma machte die Tür zu und wurde unsichtbar, Herrschaft unbekannt und unauffindbar verließ den Hybrid und befahl dem Hybriden alles zu tun, dass die Mutter sich rächen sollte für den Tod ihres Sohnes und ihrer Tochter. Der Hybrid und Herrschaft unbekannt und unauffindbar traten unsichtbar in das Gästezimmer, wo die Mutter schlief, das Schattenwesen injizierte elektrische Spannungen an den Füßen der Mutter und das Lichtwesen injizierte eine elektrisierte unsichtbare Kugel am Kopf der Mutter, somit begann das Prozedere, die Mutter zu kontrollieren und sie unauffällig zu besetzen, um ihr Beistand zu leisten.

Am nächsten Morgen stand die Mutter auf, sie war sehr traurig und ging in die Küche, wo die Oma auf sie wartete und ihr Frühstück gab: „Gott schütze dich", sagte die Oma zu der Mutter, die Mutter fragte die Oma: „Wie heißt du eigentlich", darauf antwortete die Oma: „Ich heiße Aicha", die Mutter lächelte und sagte der Oma Aicha: „Ich heiße Fatma und bin von Beruf eine Näherin, mein Sohn Ahmet und meine Tochter Sana sind tot." Die Mutter brach wieder zusammen und weinte sehr viel, der Hybrid kniete sich zu der Mutter und tröstete die Mutter Fatma.

Mutter Fatma sagte der Oma: „Er war ein Terrorist, dieser verdammte Hurensohn hat meine Kinder umgebracht!" Fatma weinte schrecklich viel, die Oma leistete ihr Beistand und wartete, bis sie sich beruhigt hatte.

Die Mutter sagte der Oma: „Ich muss zu mir nach Hause!" Die Lichtwesen gaben der Mutter Zorn und das Kraftfeld des toten Ehemanns, der ein Terrorist war, die Mutter Fatma wollte sich rächen und wollte die Waffen holen, die der tote Ehemann in der Wohnung versteckte. So ging die Hybrid-Oma Aicha mit der Mutter Fatma zum Tatort. „Kindlein, dein Gott ist an deiner Seite, so schöpfe Kraft, um die Richtigen hinrichten zu dürfen!", ermutigte die Oma Fatma. Fatma war von der Oma sehr beeindruckt und empfand sie wie einen Engel, der Gott ihr schickte, Fatma lächelte die Oma an und sagte ihr: „Ich werde jeden und jede erschießen, die meinen Mann radikal gemacht haben, er ist verrückt geworden durch die Lügen, um andere umzubringen!" Fatma und die Oma gingen in das Haus rein, wo Fatma ihre Kinder verloren hatte, die Küche war voller Blutspuren, Fatma brach zusammen, die Oma kniete sich zu Fatma und umarmte sie: „Schöpfe Kraft, Kindlein." Die Lichtwesen und Schattenwesen kurbelten sich in das Kraftfeld von Fatma ein und gaben ihr an ihre Sinne beherzte Eigenschaften, so roch Fatma Blumen, ihr Körper wurde leichter durch die Ankurbelung des Kraftfeldes, sie bekam in das Rückgrat Stabilisierungen und ihre kleinen Muskeln am Arm wurden angeregt, Fatma stand auf und bekam einen Segen von den Lichtwesen und Schattenwesen, die ihre Gottheiten waren, die Hybrid-Oma wusste, dass Fatma stark genug ist, um die Terroristen zu töten, die ihren Mann eine

Kopfwäsche durch scheinheilige Vorurteile an Menschen eingeredet hatten. Fatma ging ins Schlafzimmer und nahm die Sporttasche, die voll mit Waffen war, sie ging in die Küche mit der Tasche und öffnete sie, da entdeckte Fatma eine Weste, die mit einer Sprengladung versehen war und jede Menge Kokain in einem Glas, Fatma nahm die Uzi und die Pistolen zu sich, die Oma war stolz auf Fatma und begeistert sagte sie zur Fatma: „So ist es richtig, Kindlein, räche deine Kinder und vielleicht deinen verlorenen Ehemann, er war wohl ein ganz anderer Mensch durch diese Mörder und Verbrecher geworden!" Fatma war bewaffnet, beide gingen aus dem Haus raus. Die Lichtwesen und Schattenwesen gaben Fatma Vitalität und ein starkes Rückgrat sowie die Erinnerungen an ihre Kinder und ihren Ehemann, als er noch Polizist und ein guter Ehemann sowie Vater war, die Lichtwesen und Schattenwesen gaben Fatma später bei der Oma noch die Kraftfelder und Empfindung des Ehemanns, als er ein Jugendlicher war und mit seinen damaligen Freunden eine Familie ausraubte, dieses Empfinden wurde als Kraftfeld Fatma verabreicht, so konnte Fatma nicht verzeihen, sie wurde sauer und boshaft, die Hybrid-Oma staunte über die Verträglichkeit der Injektionen, die Fatma gut vertrug und sich richtig selbstbewusst und beherrscht eingliederte, Fatma sah die Oma mit einem Lächeln an und schwur dem Hybrid: „Ich werde morgen zu der Ortschaft fahren, wo die Terroristen meinen Mann manipulierten!"

Kapitel 4

Die Ruine von Bagdad

Fatma fuhr mit einer hohen Geschwindigkeit
und bewaffnet zu den Ruinen von Bagdad, neben ihr die Lichtwesen und Schattenwesen auf
einem unsichtbaren reifenlosen schwebenden
Vehikel, die Wesen hielten Fatmas Geschwindigkeit stand, im Kofferraum befand sich die
Sprengstoffweste mit reichlich angebrachtem
Sprengstoff, das Kokain hatte Fatma auf dem Ne-
bensitz des Fahrers liegen. Angekommen, nahm
sie das Glas voller Kokain und öffnete dieses, sie
nahm etwas Koks durch die Nase, die Lichtwesen und Schattenwesen verliehen ihr die Standhaftigkeit und Bereitschaft zum Töten, welches
sie sich von dem Kokain versprach. Ihr Kraftfeld
war gekoppelt, die Gottheiten von Fatma waren
bereit und gingen, bevor Fatma ausgestiegen

war, auf die Mauern der Ruinen zu, wo alle zehn Meter Lichtwesen und Schattenwesen standen. Die Lichtwesen und Schattenwesen kamen zu den Gottheiten der verdammten Mörder und Verbrecher, so sprach ein Lichtwesen zur Fatmas Gottheiten: „Willkommen im Schwarzen Distrikt, wir Lichtwesen und Schattenwesen sind leider die Gottheiten der Truppe, die sich als Terroristen bekennen, hier sind sehr viele Verbrecher und Mörder, passt auf euren Menschen auf!" Die Lichtwesen und Schattenwesen, die Fatmas Gottheit waren, sagten den Lichtwesen des Schwarzen Distrikts: „Wir begleiten unsere Fatma zum Vergeltungsschlag, sie rächt ihre Kinder und deren Vater, den Mörder ihrer Kinder. So haben wir das Jüngste Gericht dem Ehemann beschert, wir werden sowohl euren Menschen das Jüngste Gericht bescheren. So helft bei der Exekution, macht eure Menschen feige und unzurechnungsfähig, nehmt deren aggressive Selbstbeherrschung und verleiht uns deren Kraftfelder, damit wir unsere Fatma wappnen zum Mord!"

Fatma hat im Auto genug gewartet, bis das Kokain wirkte, sie ging aus dem Auto raus und ging sich mit der Hand durch die Nase, damit man kein Koks auf ihrer Nase erkennen konnte. Sie ging zum Eingang der Ruinen, wo Kinder spielten und die mit posttraumatischen Belastungsstörungen verzeichnet waren, Fatma trat näher zu den Kindern. Diese sahen von der Gestik und Mimik verstört aus, sie fragten Fatma: „Was machst du hier?" Fatma kniete sich zu den Kindern nieder: „Mein Mann gehörte auch zu euch, ist hier ein Erwachsener zu sprechen?" Die Kinder gingen hinter die Mauer, die am Eingang war, und kamen mit Gewehren hervor, Fatma staunte ziemlich die Kinder an, die vor ihr standen mit echten Waffen in der Hand: „Warte!", sagte ein Mädchen zu Fatma, „ich hol eine Mutter von uns." Die Kinder schauten Fatma an, manche mit einem bösen Blick, manche ganz gelassen, doch jeder von denen war bewaffnet, Fatma schaute über die Kinder weg und erkannte wie eine schwarz verhüllte Frau mit dem Mädchen, das eine Waffe trug, zu ihr kam, die Steinmauern gaben einen orangeroten Schimmer, welche Schatten auf die Gänge warfen.

„Wer bist du genau?", fragte die Mutter der Kinder. „Ich bin Fatma, die Ehefrau eines Mitgliedes, das euch gedient hatte, er kam oft zu euch, meine Kinder Ahmet und Sana sind tot wie mein Ehemann!" Fatma bekam kleine Schlitzaugen, ihr Blutdruck wurde höher. Sie bekam von den Lichtwesen und Schattenwesen ein Kraftfeld, welches aus ihrer Brust hervorkam und nach oben wie auch nach unten zum Rückgrat ging, ihre Kopfhaut war mit den Haaren wie elektrisiert. Die Mutter ging einen Schritt zurück, sie sah die Gestik und Mimik von Fatma und bekam Angst, die Gottheiten eilten zu der Mutter, sie gaben der Mutter Sexuelles in den Unterleib, damit sie endlich scheitert. So injizierten die Lichtwesen und Schattenwesen, die Gott der Mutter waren, ihr Sexuelles in den Unterleib und stachen ihr in die Brust mit einem unsichtbaren Stab. Die Mutter knickte ein, doch sie stand so, dass sie keine Schwäche, keine Gefühle äußern wollte. Sie nahm aus ihrer Tasche etwas Koks auf den Finger und schniefte dieses: „Dein Ehemann Alexander, der Russe, Vater von Sana und Ahmet." „Ja, genau der!", nickte Fatma voller Mordlust die Mutter an, die Mutter sprach Fatma an: „Das war der stärkste Russe in unserem geheimnisvollen Standort hier in den Ruinen von Bagdad.

Komm mit, Kinder, tut die Waffen wieder hinter die Mauer und spielt weiter am Eingang der Ruinen." Die Lichtwesen und Schattenwesen entgegneten der Mutter mit einem Kraftfeld, das ihr das Rückgrat verstümmelte: „Für Pädophilie wirst du heute das Jüngste Gericht bekommen, schau dir Fatma nochmal an!" Die Mutter ahnte, was ihre Gottheiten ihr vermittelten, die Mutter bekam Skepsis und schaute Fatma noch mal an, doch sie lächelte hinter dem Schleier mit einem rot angelaufenen Gesicht und sagte zu Fatma: „Komm, ich erkläre dir unsere Festung und zeige dir alles, du darfst hierbleiben, wenn du magst!"

Die Lichtwesen und Schattenwesen versuchten den Kindern Glücklichkeit und Herrlichkeit zu vermitteln, doch es war schwer für die Gottheiten der Kinder, diese von der Kopfwäsche mit der posttraumatischen Störung zu versöhnen.

Die Lichtwesen und Schattenwesen eilten zu Fatma und arbeiteten mit den Lichtwesen und Schattenwesen, die die Erwachsenen bestimmten. So fixierten diese Gottheiten ihre Menschen, die von Fatma zu erschießen waren. „Fatma, diese Männer sind unsere Heiligen, die psychische Unterstützung den Kindern geben, die Kinder werden zu Soldaten erzogen mit ihren posttraumatischen Störungen!" Einer der Heiligen sagte gerade: „Waffen sind die sinnvollste Methode, euch Kindern zu super Soldaten zu erziehen!" Die Mutter sagte zu Fatma: "Wir sind eingetragen, dass wir psychiatrische Unterstützung anbieten, wir bekommen Adressen von psychisch Kranken, die wir zu uns holen und diesen die Chancen bieten, ein Soldat bei uns zu werden!" Die Lichtwesen und Schattenwesen markierten jeden Heiligen, der psychiatrische Unterstützung anbietet, Fatma bekam Herzrasen, so als ob sie die Waffe zucken wollte und alle exekutieren sollte, doch Fatma wollte noch mehr von der Festung sehen, so ging die Mutter mit Fatma weiter: „Hier sind unsere Männer, die viel getötet haben und Rechte haben, mehrere Frauen zu heiraten. Manche heiraten die Mädchen, wenn die zwölf geworden sind, mit ihren posttraumatischen Störungen, ob die Mädchen reif sind zum Heiraten, entscheidet immer ein Heiliger, der psychiatrische Unterstützung anbietet. Die Kleinen mit dem weißen Gewand sind Verheiratete mit den Soldaten." Die Soldaten, so zehn Personen, gezählt waren nicht alle, die in der Festung waren, die Mutter sagte zur Fatma: „Ein größerer Teil der Soldaten sind in der Stadt und üben Vergeltung aus, ungefähr mit zehn Autos unterwegs und hier haben wir unsere Brüder aus Russland, das sind Freiheitskämpfer, die in Russland gesucht werden wegen Terror, dein

Mann Alexander verbrachte sehr viel Zeit mit den Männern." Die Männer tranken Wodka, einer von denen nahm gerade Kokain vor Fatmas Augen, ein paar verschleierte zwölfjährige Mädchen tranken mit den russischen Kämpfern auch Wodka.

Fatma und die Mutter gingen noch tiefer in die Ruinen rein, wo sich die Behausungen, Zelte der Soldaten und der Mütter befanden sowie ein Bereich mit Generatoren, die Elektrizität erbrachten, sie gingen zu den Müttern, die gerade Essen vorbereiteten: „Das sind unsere Schwestern. Fatma, auch du kannst eine von uns werden, wir kümmern uns um die Soldaten und die Kinder sowie unsere Heiligen, die uns von posttraumatischen Störungen heilen, wir alle sind mit posttraumatischen Störungen, durch die Heiligen wurden wir auserwählt, hier zu dienen, viele von uns rauchen Cannabis, um

runterzukommen, die Soldaten bekommen Kokain, natürlich wurde uns Frauen wie den Kindern der Umgang mit der Waffe auch gelehrt."
Fatma schaute die Mutter bedrückt an und sagte zu der Mutter: „Cannabis, um runterzukommen, gib mir was davon." Fatma ging mit der Mutter zu einer Feuerstelle, die etwas abseits von der Stelle war, wo die lauten Generatoren waren. Fatmas Entscheidung war, dass sie niemanden erschießen konnte, alleine hätte sie es nicht schaffen können und es waren zu viele Kinder da. Die Mutter wandte sich zu Fatma: „Hier, ein Joint für dich, mach ihn an!" Die Mutter zog ihren Schleier aus, welcher ihr Gesicht bedeckte, ihre roten Wangen waren zu sehen und ein Lächeln, das Fatma erreichen sollte. Fatma war runtergekommen, auf Koks und Cannabis ging sie mit der Mutter zu den Russen, die Wodka tranken. Fatma setzte sich mit der Mutter zu den

betrunkenen jungen verheirateten Frauen der Russen und sie tranken mit den Soldaten wodka. Fatma nahm Koks und trank Wodka, sie wurde überheblich und stand auf: „Ich werde jeden erschießen und jede erschießen, die meinen Mann veränderten!" Es wurde still unter den russischen Soldaten, sie guckten sich an und fingen an zu lachen, einer von den, der dazu tanzen musste, rief Fatma hinterher: „Das werden wir gemeinsam vollbringen, Schwester!" Er machte die Musik lauter, die Soldaten freuten sich, der Soldat, der ihr zurief, setzte sich zu Fatma: „Ich bin Sergej, ich war ein guter Freund von Alexander, er hatte ein Kokainproblem, seitdem er von der Polizei wegging, er hatte posttraumatische Belastungsstörungen, ich kannte ihn noch, als er Polizist war!" Fatma, die wieder Cannabis rauchte, hat sich den Soldaten Sergej gemerkt und trank mit ihm noch mehr Wodka. So fiel

Fatma von den ganzen Drogen in einen berauschten Schlaf, Sergej nahm sie hoch und brachte sie zu einem Zelt, wo ein Klappbett war, er legte sie dorthin, die Mutter, die Fatma durch die Ruinen führte, deckte sie zu.

Kapitel 5

Das Komitee

Am nächsten Tag, es ist Morgen, sehr warm, die Sonne schien, die Steinmauern, die eine orange-rote Farbe hatten, schmückten die Gänge und Plätze in den Ruinen, Fatma streckte sich vor dem Zelt und sah Sergej und die Mutter, wie sie zur ihr rüberkamen: „Guten Morgen, Fatma, ich habe vergessen mich vorzustellen, ich bin Eason, Sergej kennst du ja schon vom Namen her."

Die Lichtwesen und Schattenwesen des Schwarzen Distrikts haben mit Fatmas Lichtwesen und Schattenwesen Absprache gehalten: „Wir schicken Fatma unsere Hybride, die wie Raubtiere sind, echte Predatoren.„ So befehlt den Predatoren, Fatma zur Seite zu stehen in unserem Namen und dem Namen unseres Königs Herrschaft unbekannt und unauffindbar, verschont Sergej, er ist vom Geheimdienst, er möchte die Kinder retten und gibt Fatma die Sucht nach Cannabis, da sie stark zu Drogen neigt!" Die Lichtwesen und Schattenwesen gaben Fatma den Geruch von Cannabis in die Nase, ihre Sinne waren stimuliert, sie bekam eine Entlastung ihrer posttraumatischen Belastungsstörung, Eason holte Cannabis für Fatma und gab ihr ein Glas mit den Cannabispflanzen: „Hier, für dich, Fatma, das entspannt dich und erweitert deinen Horizont!" Die Lichtwesen gaben der Mutter Eason Standhaftigkeit in die Brust und stärkten etwas ihr Rückgrat, Fatmas Lichtwesen und Schattenwesen gaben Fatma eine Leere in den Oberkörper und fixierten das Glas, das voll mit Cannabis war. Fatma nahm eine kleine Knolle Cannabis raus und drehte sich einen Joint, als sie den Joint anmachte, kurbelten die Lichtwesen und Schattenwesen das Kraftfeld von Fatma und sie verspürte ein Gefühl, dass etwas in sie eindrang, welches sie daran erinnerte, wie sie früher war, wo alles noch in Ordnung war, die Lichtwesen und Schattenwesen entnahmen ihr den berauschten Zustand und fügten sich die Berauschung selbst zu, sodass Fatma nüchterner wurde.

Sergej und Fatma gingen vom Zelt zu den Russen, die verkatert und müde waren, sie machten Witze und lachten die einheimischen Terroristen aus: „Ihr seid Terroristen, früher wart ihr nüchtern, jetzt seid ihr schon vor dem Kaffee auf Koks. Ihr seid ein süchtiger paradoxer Kindergarten geworden mit posttraumatischen Belastungsstörungen, gestörten Menschen, glaubt ihr echt, dass die Kinder in paar Jahren euch zur Seite stehen werden!" Einer der einheimischen Terroristen schoss in den Himmel: „Ich bin ein Überlebender des Terrorkriegs und für tot erklärt, ich vergesse nicht, wie wir mal waren, jetzt müssen wir uns anders verhalten und überleben, ihr Russen solltet zurück nach Russland, es gibt da viele Verstecke unserer Organisation!" Die Russen lachten ihn aus: „Ob du hier der Chef wärst und sagen tust, wer bleiben darf und wer gehen soll, komm, lass uns einen Kurzen trinken." Der totgeglaubte einheimische Terrorist ging zu den Russen und hob das Glas mit den Worten: „Auf einen Krieg, der bald anfängt, und wir werden wieder um unser neues Land kämpfen und den Anstand zu Gott pflegen!" Die Lichtwesen und Schattenwesen wurden furios zu dem Totgeglaubten. „Du bist totgeglaubt, also machen wir deine Haut trocken und verleihen dir Augenränder, an dir gehen die posttraumatischen Belastungsstörungen vorbei, da du das Böse bist und scheinheilig einen Tentakel wahrscheinlich anbetest!" Die Lichtwesen und

Schattenwesen umringten den Terroristen und gingen ihm in die Gedärme. Sie brachen seine Standhaftigkeit, gaben ihm homosexuelle Gedanken, sie gingen weiter in seine Gedärme rein und versuchten diese zu erschüttern, so bekam der Terrorist den Drang, sich zu entleeren, das Schattenwesen stimulierte das Arschloch vom totgeglaubten Terroristen, sodass er sich inkontinent fühlte, er nahm noch ein zweites Glas Wodka, dann lief er schnell zu einem Klo, das in den Ruinen angebaut war. Er lief schnell und setzte sich auf den Pott in der klein gemachten Klokabine. „Gott ist groß", dachte sich der Terrorist, als er es geschafft hatte, rechtzeitig auf dem Pott zu sitzen.

Sergej bekam von den Lichtwesen und Schattenwesen die Bestimmung, Fatma ein guter Freund zu werden, da er ein russischer Geheimagent war. Er nahm Fatma an die Hand und ging mit ihr zu den Kindern, die gerade von einem Heiligen den Umgang mit Waffen erklärt bekamen und das Gehorchen gelehrt. Fatma und Sergej schauten den Kindern und dem Heiligen zu, dabei nahm Sergej einen Joint raus und rauchte den mit Fatma. Die Lichtwesen und Schattenwesen von Sergej nahmen ihm den berauschten Gemütszustand und injizierten ihn sich selbst, da die Gottheiten ihn zu berauscht nicht Auto fahren lassen wollten. Darauf antwortete Sergej zu Fatma: „Ich kann dich nach Hause fahren, Fatma." Fatma war sehr gelassen, da sie sehr high war, und Sergej fand es merkwürdig, dass er nicht high wurde, die Lichtwesen und Schattenwesen standen berauscht durch die Entnahme von Sergejs Cannabiswirkung. „So fahr sie nach Hause, Sergej, und stehe ihr zur Seite." Sergej, der eigentlich verzweifelt war, hier zu überleben, hatte Hoffnung gefasst an Fatma, sie sagte zu Sergej: „Dieser Heiliger, der den Kindern das Töten und Gehorchen lehrt, kann doch nie ein Heiliger sein!" Sergej stand auf und sagte Fatma: "Komm, ich fahr dich nach Hause."

"Das ist eine gute Idee."

Fatma und Sergej gingen zum Auto von Fatma, welches zugeparkt war! Sergej wurde sauer: „Diese verdammten überlebenden Terroristen haben das extra gemacht." Ein Kind kam neben den Autos hervor, Sergej sagte dem Kind: „Hol die Fahrer der Autos und sag denen, die sollen die Autos wegparken, da wir hier nicht rausfahren können!" Das Kind eilte zur den einheimischen Terroristen und teilte die Bitte von Sergej und Fatma den Terroristen mit, die Fahrer der Autos eilten zu Sergej und Fatma und parkten ihre Autos woanders. Fatma bekam von den Lichtwesen und Schattenwesen den Gedanken, dass sie alleine nach Hause fahren sollte, doch Sergej saß schon am Steuer und sie fuhren los.

„Fahr mich zur Aicha, das ist eine Straße weiter entfernt, ich sag dir, wo." Fatma und Sergej kamen an Aichas Wohnung an, Sergej sah viele Männer stehen an der Straße, er hatte die Vermutung, dass diese eine Gruppe Verbrecher waren. Die Lichtwesen und Schattenwesen, die Sergej und Fatma nicht sahen, gaben den Hybrid-Predatoren zur Kenntnis, dass Fatma und Sergej angekommen sind. Jedes Lichtwesen und Schattenwesen sagte zu den Hybriden: „Schützt diese Frau und diesen Mann im Gefecht, diese werden ein Teil unseres Reiches sein."

Sergej und Fatma stiegen aus dem Auto, die Hybride gingen auf sie zu und die Lichtwesen entkräfteten Sergej und Fatma, eine Waffe zu zücken, ein Hybrid sprach zur Fatma: „Wir sind Freunde von Aicha, kommt, lass uns in die

Wohnung gehen!" In der Wohnung waren noch mehr Männer, die hybride Predatoren waren, Aicha stand am Ende des Flures und begrüßte Fatma und Sergej, Sergej wurde von einem Hybriden angesprochen: „Du bist also ein Geheimagent aus Russland!" Sergej schaute Fatma verblüfft an und dann wieder den Predatoren-Hybrid, der Sergej enttarne. „Wir wissen alles über dich, Sergej, wir kennen auch deinen richtigen Namen Wladimir. Sergej oder Wladimir, wie sollen wir dich nennen?" Sergej, der enttarnte Geheimagent, fragte sich, ob Fatma ihn bei den Ruinen von Bagdad verraten wird, die Predatoren bekamen jeden Denkprozess von Fatma und Sergej, der eigentlich Wladimir heißt, übermittelt. Sergej dachte sich: „Also gut" und verschnaufte, er sah Fatma an und den Mann, der ihn enttarnte und ihn fragte: „Wie sollen wir dich nennen?" Sergej entgegnete: "Nennt mich weiter

Sergej!" Fatma war verblüfft und ahnte, dass sie Verstärkung bekam. Fatma, erstaunt über die Männer und Sergejs richtiger Autorität, wandte sich zu Sergej: „Nun, Sergej nenn ich dich jetzt weiter, also kann ich dir sagen, dass ich jeden in den Ruinen erschießen werde außer die Kinder." Die Hybrid-Predatoren schauten den unscheinbaren Lichtwesen und Schattenwesen zu, wie diese Fatma und Sergej wappneten, Aicha als Oma richtete ihren Körper stolz und gerade auf, dabei schaute sie die Hybrid-Männer, die Predatoren waren, an: „Nun, Fatma, hast du etwas gekifft, du wirkst entlastet und hast ziemlich kleine Augen!" Fatma schaute Aicha an und fand es merkwürdig, dass die Männer Sergejs echte Autorität kannten und Aicha ihre Berauschung erkannte, sie antwortete Aicha: „Ja, Aicha, ich habe Cannabis geraucht." Aicha, die lächelte und ein glücklicher Hybrid war mit so vielen Gesinnten, die Fatma und Sergej aus der Terroristenangelegenheit rausholen wollten, sagte zu Fatma: „Hast du denn mir auch etwas Cannabis gebracht!" Sie schmunzelte Aicha mit einem mysteriösen Lächeln an. „Ja, Aicha, ich habe noch genug da." Aicha sagte zur Fatma und Sergej: „Kommt in die Küche, die Männer hier sind meine Freunde und nun auch eure, lasst uns in der Küche am Tisch weiterreden und einen Joint rauchen."

Hybrid-Oma Aicha war am Lächeln, sie sah Sergej an und wusste, dass er gerne mal einen Kurzen trinkt, so holte Oma Aicha aus dem Kühlschrank Wodka raus. Fatma, die es nicht glauben konnte, sagte zu Sergej: „Du bist also kein echter Terrorist, wären die Kinder nicht in den Ruinen, hätte ich dich erschossen wie den Rest!" Oma Aicha lächelte und sagte zu Fatma: „Kindlein, die Kinder haben dir somit das Leben gerettet und Sergejs auch, es sollte so kommen, dass ihr euch trefft, die Männer sind echte Krieger und werden mit euch die Ruinen von Bagdad stürzen, diese Kinder mit den posttraumatischen Belastungsstörungen muss man retten und natürlich deine Familie rächen." Fatma staunte über Aicha: „Woher weißt du das mit den Kindern, Aicha?" „Ich habe mal für den Geheimdienst gearbeitet!" Aicha schaute Fatma an und sah, wie die Lichtwesen und Schattenwesen Stärkungen und Behutsamkeit Fatma und Sergej gaben, sie sagte zu Fatma und Sergej: „Diese Männer sind ein Komitee meines früheren Arbeitsplatzes als Geheimagentin. Leider dürft ihr die volle Wahrheit nicht kennen, doch ich verspreche euch, die Zeit wird kommen und ich werde euch allen vorstellen, was euch zur Seite steht wie im Guten so im Bösen."

Ein Mann, der Predator-Hybrid war, kam in die Küche und sagte zu Sergej: „Du kannst entscheiden, ob du nun bei uns bleibst oder zurückfahren willst, doch wenn du zurückfährst, wirst du morgen getötet!" Sergej bekam große Augen und trank seinen Kurzen mit Wodka schnell runter. Er stellte das kurze Glas hin und schaute erst mal Aicha an, um Nachschlag zu bekommen. Er wandte sich dem Mann zu und sagte ihm: „Ich werde ab jetzt bei euch sein, ich kehre da nicht zurück und morgen werde ich mit euch und Fatma die Terroristen in den Ruinen von Bagdad töten, das sind alles scheinheilige Pädophile meiner Meinung nach!" Sergej schaute dem Mann standhaft zu und der Mann entgegnete Sergej: "Das ist eine sehr gute Entscheidung, Sergej, somit bist du und Fatma ein Teil unserer Gruppe, bis uns der Tod scheidet!" Der Hybrid-Predator ging wieder aus der Küche, Fatma und Sergej schauten sich an und Sergej fragte Fatma: „Hat er ‚bis uns der Tod scheidet‘ gesagt?" „Ja, so hab ich es auch verstanden", sagte Fatma zu Sergej. Die Oma Aicha lächelte und sagte: „Vielleicht gibt es keinen Tod, wenn ihr euch gut anstellt!"

Die Hybrid-Predatoren versammelten sich vor Aichas Wohnung, die Lichtwesen und Schattenwesen vom Schwarzen Distrikt trimmen die Hybride zu Predatoren die ganze Nacht lang, es waren sehr viele Hybride vor der Wohnung von Aicha auf der Straße. Die Lichtwesen und Schattenwesen, die in den Ruinen von Bagdad Stellung nahmen, gingen zur den Terroristen und entkräfteten sie, sie entnahmen jegliche Selbstbeherrschung und Selbstvertrauen der Terroristen. Eason wurde ausgewählt, die Kinder von den Ruinen Bagdads wegzubringen, die Lichtwesen und Schattenwesen gaben Eason Muttergefühle für die Kinder und Glückseligkeit, so ging Eason zu den Kindern und sagte denen: „Geht schlafen, Kinder, morgen früh werden wir einen Ausflug in die Stadt machen." Die Kinder freuten sich und jedes Kind gab Eason einen Kuss auf die Wange, bevor sie sich hingelegt haben. Vor Aichas Wohnung gaben die Predatoren Kampfrufe, sie waren in Furie und sollten bis zum frühen Morgen stillstehen und in sich das eigene Kämpferherz halten.

Es war 8 Uhr morgens, die Lichtwesen und Schattenwesen weckten Aicha, Fatma und Sergej auf, alle drei wurden von den Lichtwesen und Schattenwesen dazu gebracht, aus dem Fenster zu schauen, um sich das Komitee der Hybrid-Predatoren anzugucken, diese Hybride haben die ganze Nacht das Töten eingeprägt bekommen für den heutigen Tag, sie waren ganz anders, von dem Karma unschreckbar, unaufhaltbar getrimmt, um zu illuminieren.

Aicha sprach zu Sergej und Fatma: „Das werden die Terroristen in den Ruinen von Bagdad nie überleben!" Ein Predator trat hervor von der Gruppe und sprach zu Fatma und Sergej: "Wenn ihr wollt, dürft ihr mit zu den Ruinen von Bagdad, doch wir sind genügend, es ist kein Muss, dass ihr mitkommt!" Fatma erinnert sich an den Tag, als ihr Mann durchdrehte, sie sprach zu den Predatoren, als wären sie gewöhnliche Männer: „Ihr könnt bestimmt Unterstützung gebrauchen, wartet, ich komm gleich runter." Sergej sagte zu dem Komitee durch das Fenster: „Ich gehöre doch jetzt zu euch, ich komme auch mit!" Fatma und Sergej holten ihre Waffen und gingen die Treppe runter zum Komitee. Der Mann, der zu Fatma und Sergej sprach, sagte weiter zu ihnen: „Wir werden dahinjoggen, jeder von uns hat eine Pistole, ein Maschinengewehr und ein Messer!" Der Hybrid-Predator ging zu dem Wohnmobil und nahm von Fatma und Sergej die Waffen und gab ihnen dieselben Waffen, die die Predatoren hatten: eine Pistole, ein Maschinengewehr und ein Messer. Und er sprach zu Fatma und Sergej: „Ihr werdet hinter uns fahren, wir joggen dorthin." Die Predatoren, die stillstanden, drehten sich nach rechts und fingen an, voll ausgerüstet zu den Ruinen von Bagdad zu joggen, hinter ihnen im Auto Fatma und Sergej.

Angekommen, waren die Kinder am Eingang zu den Ruinen von Bagdad nicht zu sehen, die Predatoren verteilten sich und gingen die Wände hoch von den Ruinen, sie positionierten sich neben den Lichtwesen und Schattenwesen. Jeder nahm einen Terroristen ins tödliche Ziel von den Maschinengewehren, die Lichtwesen und Schattenwesen gaben den Soldaten den leichten Wind, der etwas wehte an die Haut und der etwas kühlte, es waren Stimmen zu hören, die von den

Terroristen kamen, es war krankhaft, drogensüchtig mal am Lachen, mal am Schimpfen kommunizierten die Terroristen miteinander, die
Lichtwesen und Schattenwesen gaben den Befehl, jeden zu illuminieren. So setzten die Predatoren ihre Maschinengewehre in Takt, ein Laut
aus einem Horn war zu hören, die Terroristen
nahmen tief Luft, als sie das Horn hörten und
schauten sich noch mal gegenseitig an, die Predatoren setzten das Feuer frei. Die Terroristen kamen nicht mal mit der Hand zur Waffe, schon
waren sie erschossen, die erste Welle des Gefech-
tes war vollbracht. Die Lichtwesen und Schattenwesen ließen wieder das Horn hören. Die Predatoren sprangen von den Mauern der Ruinen
runter und verteilten sich, um jeden zu illuminieren. Die Terroristen, die einheimisch und rus-
sisch waren, lagen leblos an ihren vertrauten
Plätzen in den Ruinen von Bagdad, jeder

Predator kniete sich hin, die Lichtwesen und Schattenwesen waren als Gottheiten befreit von den unmenschlichen Terroristen. Die Predatoren auf Knien sagten zu den Lichtwesen und Schattenwesen: „Ihr seid somit für neue Menschen als Gottheiten bestimmt, eure alten sind nun im Jüngsten Gericht von uns illuminiert!" Die Lichtwesen und Schattenwesen gaben den Predatoren zur Kenntnis, dass die Heiligen, die radikalisieren, auch sterben müssen, da sie Kinder mit posttraumatischen Belastungsstörungen ausgenutzt hatten, um sie zu radikalisieren. Die Lichtwesen und Schattenwesen gingen hervor, die Gott für die Heiligen waren, die Predatoren sprachen zu den Lichtwesen und Schattenwesen, die Gott für die Heiligen waren: „Fatma und Sergej werden die scheinheiligen Radikalisierer töten!"

Die Lichtwesen und Schattenwesen eilten zu Fatma und Sergej, die am Eingang von den

Ruinen von Bagdad waren, und gaben Fatma und Sergej Boshaftigkeit, Mutter und Vater Gefühle, die zu rächen waren.

Sergej und Fatma waren wie berauscht und nur das Töten hatten beide im Kopf, beide stellten sich vor den Ruinen von Bagdad am Eingang schwer bewaffnet hin, nach einer Weile sah man die Kinder mit Eason und den heiligen Radikalisierern zu den Ruinen von Bagdad gehen, die Kinder waren enttäuscht, die Heiligen verbieten den Kindern, einen Fußball zu haben, ein Heiliger sprach zu der Gruppe von Kindern: „Ihr macht doch Sport,Laufen mit Gewehren oder Soldaten-Parkour, ihr habt doch Spielzeuge bekommen!" Die Kinder mit Spielzeugwaffen in der Hand und einem Plastikkäfig, wo ein Plastikvogel gefangen war, liefen in einer Gruppe mit den Heiligen und beanstanden, einen Fußball zu bekommen, doch die Heiligen verbieten dieses.

Die Heiligen, die die Kinder bevormunden, liefen neben den Kindern stolz Richtung Eingang, wo Fatma und Sergej standen. Die Kinder waren schon am Eingang, sie wurden von Sergej weggeführt, Fatma mit geladener Pistole schaute die heiligen Radikalisierer an und sprach zu ihnen: „Schämt ihr euch nicht, getarnt als psychiatrische Hilfe radikalisiert ihr!" Die Heiligen lachten, einer von den Heiligen sagte zu Fatma: „Dein Mann war ein echter Terrorist geworden, er wollte sich aufopfern, doch das Koks, das die anderen nahmen, hat ihm den Rest gegeben, doch soll er reich beschenkt werden von unserem Gott." Die Lichtwesen und Schattenwesen gaben den Heiligen homosexuelle Gedanken und schwächten die Knie und das Rückgrat, Fatma in Furie antwortete den Heiligen: „Soll euch der Teufel holen!" Fatma erhob die Hand mit der Waffe, sie schoss den Heiligen zuerst in den Schritt, alle lagen gekrümmt am Boden, aus ihrem Schritt blutete es heftig. Eason hielt sich die Hand vor dem Mund und zuckte auch eine Pistole, Fatma zielte auf Eason und Eason sagte zur Fatma: „Warte, Schwester!" Eason hob die Hand mit der Pistole und schoss jedem Heiligen in den Kopf mit den Worten: „Die Kinder wollen einen Ball."

Die Predatoren gingen zu den Kindern, wo Sergej mit den Kindern um die Ecke vom Eingang war, die Kinder hörten die Geschosse und als sie Eason und Fatma sahen, die von den Mauern hervorgingen, waren die Kinder froh, Eason zu sehen. Die Predatoren bekamen von den Lichtwesen und Schattenwesen einen Fußball, Volleyball und einen Basketball. Die Predatoren schenkten den Kindern die Bälle und nahmen ihnen die Spielzeugwaffen und die Käfige mit den eingesperrten Plastikvögeln weg.

Kapitel 6

Die Heirat in eine neue Dimension

Die Lichtwesen und die Schattenwesen sammel-
ten die Kraftfelder, die der Geist und die Seele
der Terroristen waren, in eine leuchtende Kugel,
die wie ein Kugelblitz aussah. Raumschiffe, die
über den Ruinen von Bagdad waren, kamen unsichtbar hervor, Fatma und Sergej sowie die Kinder mit Eason staunten und schauten die Predatoren unwissend über die Lichtwesen und
Schattenwesen an: „Was seid ihr, zur Hölle!",
fragte Sergej die Hybrid-Predatoren. Darauf antwortete ein Hybrid-Predator: „Wir sagten dir,
dass du mit uns verheiratet bist, das gilt jetzt
auch für Fatma, die Kinder und Eason, eure Gottheiten begrüßen euch in unserem Reich!" Die
Lichtwesen und Schattenwesen zeigten sich, sie
kamen hervor aus ihrer Unsichtbarkeit wie die

Raumschiffe: „Hallo, mein Kind", sagte das Lichtwesen zu Fatma, welches ihr Gott war, und das Schattenwesen begrüßte Fatma: „Hallo Schwesterherz, wir heißen euch alle willkommen in unserem Reich, ihr befindet euch in einer Schaltwelle der Dimensionen, so kommt ihr in unsere Dimension, so seid ihr mit uns verheiratet, wir sind eine Familie, die die Menschen bestimmt, rettet, illuminiert." Die Lichtwesen und Schattenwesen kamen mit der leuchtenden Kugel unter ein Raumschiff, die Kugel verknüpfte sich mit der Elektrizität, die die Atmosphäre war, und zerging, ein Lichtwesen sprach: „So ist die Geistigkeit und die Seele unser Jungbrunnen und sie verteilt sich für uns in unserer Atmosphäre!"

Fatma, Sergej, die Kinder und Eason beobachteten das Lichtspektakel, wie die leuchtende Kugel in Schimmer zerging und um das Umfeld schwebten kleine Schimmer, die sich an Körper koppelten. Fatma fühlte Stärke und eine Kraft, die ihre Aura beeinflusste, Sergej und Fatmas Rückgrat waren stärker, aufrichtiger, beide fühlten, wie die Vergebung der Lichtwesen und Schattenwesen im Bösen in ihrem Leib verschwand.

Die Predatoren sagten zu den neuen Familienmitgliedern: „Kommt in unser Shuttle-Raumschiff, das bringt euch zum Mutterschiff, dort werdet ihr willkommen geheißen." Die Lichtwesen und Schattenwesen betreuten Fatma, Sergej, Eason und die Kinder zum Shuttle, hinter ihnen die Hybrid-Predatoren, das Raumschiff-Shuttle landete vor den Ruinen von Bagdad und machte das Tor auf, um den neuen Familienmitgliedern Eintritt zu gewähren. Fatma und Sergej schauten sich die Wände an, schwarz mit leuchtenden umrissen, die Licht gaben. In dem dunklen Raum standen Fatma, Sergej, die Kinder und Eason verwundert drin, die Lichtwesen und Schattenwesen verschwanden in der Lichtatmosphäre zum Teil unsichtbar unscheinbar.

Oben am Himmel, kurz vor der Stratosphäre, befand sich ein Raumschiff, das ein Mutterschiff war, das Shuttle dockte an das Mutterschiff und Fatma mit der Besatzung ging in das Mutterschiff rein. Die Wände waren gleich wie im Shuttle, schwarze Wände mit leuchtend pulsierenden Umrissen. Ein Lichtwesen sprach zu den Kindern: „Die Wände sind so, weil wir bessere Hologramme somit projizieren, wir können alles damit projizieren, auch wenn ihr träumen werdet, kann der Traum durch diese Wände mit den leuchtenden pulsierenden Umrissen euren Traum und das Umfeld im Traum beeinflussen. Wir Lichtwesen und Schattenwesen lieben eure Träume und haben dafür unsere Raumschiffe mit solchen Wänden gemacht, es sind sozusagen Traumfänger und die dunkle Lichtatmosphäre hilft uns, uns besser zu konzentrieren."

Fatma, Sergej, Eason und die Kinder waren von den dunklen Gängen in einen hellen leuchtenden Raum gebracht worden, wo ein Hologramm der Natur war, sie standen auf einer Wiese, die vor einem Wald war, ein Fluss war zu hören, das Wasser floss und die Kinder waren innerlich sehr still geworden. Sie standen vor dem Wald, die Lichtwesen und Schattenwesen begrüßten die Neulinge und sie sprachen zu den Kindern: „Die Ruhe, die der Wald gibt, hört ihr eure noch, so werdet ihr stiller, je länger ihr in diesem Raum bleibt." Die Kinder fanden es aufregend und es machte ihnen Spaß und entlastete die posttraumatische Belastungsstörung bei jedem. Fatma, Sergej und Eason machte es auch Spaß, es vergab Ruhe und Vertrautheit, in den Wald reinzuschauen. Die Lichtwesen und Schattenwesen, die unsichtbar waren, haben die Barmherzigkeit der Neulinge geweckt und gaben die posttraumatische Belastungsstörung als Kraft den Kindern. Fatma, Sergej und Eason, alle drei blühten vor Energie und keiner hatte Böses in sich gespürt, es fühlte sich an, als ob man neugeboren war. Die Lichtwesen waren fertig mit dem Eichen der Neulinge und machten sich zum Teil sichtbar, man sah den Oberkörper und den Unterkörper zum Teil, als sie zu den Neulingen sprachen, trat ihre Gestalt noch mehr hervor: „Wir werden euch jetzt trennen, die Kinder bleiben mit Eason hier auf dem Mutterschiff, wir werden eure Geistigkeit und Seligkeit korrigieren, Fatma und Wladimir oder als Geheimagent Sergej bekannt, ihr werdet noch mehr mit den Predatoren arbeiten. Wir haben einen Auftrag für euch, diese Kraftfelder, die ihr durchlebt habt, reichen euch aus, um weiterzufunktionieren. Geheiligt seid ihr, Schwester und Bruder, wir erwarten unsere Väter und Mütter, die euch sehen wollen." Ein Wesen trat hervor, unscheinbar, das Wesen predigte und sang für die Neulinge ein Ritual für neue Familienmitglieder. Die Lichtwesen und Schattenwesen wussten, dass der Prediger somit Böses an den Kindern vertrieb und die Lichtwesen und Schattenwesen wussten, was sie als Nächstes an den Neulingen medizinisch-psychiatrisch unternehmen sollen. So war es offensichtlich für die Lichtwesen und Schattenwesen von der Predigt, dass sie sich um die Kinder kümmern und sie mehr vereinen sollten, ihnen eine Behausung geben sollten in einem europäischen Land, da seine Aussprache auf Europa deutete. Fatma, Sergej, Eason und die Kinder wussten nicht, worum es bei dem Wesen ging, das rhythmisch predigte, doch die

Lichtwesen und Schattenwesen bekamen neue Aufgaben zugeteilt, die Neulinge zu beherbergen und mental zu unterstützen.

Die Kinder wünschten sich, in einem Stadion Fußball zu spielen, und die Umgebung veränderte sich zu einem Fußballstadion, sie spielten bis zum späten Abend, bis die Lichtwesen und Schattenwesen zu den Kindern kamen. Mitten auf dem Fußballfeld erwarteten sie die Kinder, die Kinder eilten zu den Lichtwesen und Schattenwesen, sie versammelten sich, als sie komplett waren, veränderte sich das Umfeld in ein Haus mit vielen Zimmern, so suchten sich die Kinder ein Schlafzimmer und gingen sich erst mal waschen, bevor sie sich zum Schlaf hinlegten. Die Lichtwesen und Schattenwesen bekamen Besuch von Müttern und Vätern, die Träume flüsterten, jedes Kind wurde, als es eingeschlafen war, am Kopf und an den Füßen fixiert, leichte

Elektrizität wurde verliehen, der Körper schöpfte ein Kraftfeld, wo man die Seele und den Geist zusammen vereint und einen Astralkörper schöpfte. Manche Kinder bekamen Träume, wie den freien Fall oder einen Drachen, die noch ihren Astralkörper nicht entwickelt haben. Die Kinder, die einen entwickelten Astralkörper hatten, bekamen Schwerelosigkeit, so war ihnen im Schlaf bewusst, dass die Lichtwesen und Schattenwesen sie hielten, als ihr Astralkörper in der Schwerelosigkeit schwebte. So ging es ein paar Stunden. Als die Lichtwesen und Schattenwesen mit den Kindern fertig waren. gingen diese wieder aus dem Raum raus. Fatma und Sergej bekamen den freien Fall als Traum, da sie erwachsen waren und es paar Monate dauern wird, bis sie ihren Astralkörper schöpfen können. Die Lichtwesen und Schattenwesen bekamen die

Aufgabe, Fatmas und Sergejs Träume zu beeinflussen.

Fatma, Sergej, Eason und die Kinder wachten auf
und gingen in den großen Speisesaal, die Kinder
unterhielten sich über ihre Träume. Fatma und
Sergej fragten Eason: „Was hast du geträumt?"
Eason sagte Fatma und Sergej: "Ich schlief ganz
normal, geträumt habe ich von nichts." Easons
Bestimmung, über den Tod hinaus im Reich der
Lichtwesen und Schattenwesen zu existieren,
war noch nicht bestimmt. Jeder war fertig mit
dem Essen und dem Zähneputzen, die Lichtwesen und Schattenwesen gingen mit den Kindern,
Eason, Fatma und Sergej auf die projizierte
Wiese vor dem Wald, welche am Haus war. Die
Kinder bekamen eine Starre, als sie in den Wald
reinschauten, sie atmeten ruhiger und fanden es
vertraut. Die Lichtwesen und Schattenwesen

heilten an den Kindern die posttraumatischen Belastungen.

Andere Lichtwesen und Schattenwesen haben Fatma und Sergej beeinflusst, wieder auf die Erde zu wollen. Beide schauten sich an und fragten sich innerlich, ob sie die Erde noch mal betreten können. Die Lichtwesen und Schattenwesen, die Fatma und Sergej beeinflussten, machten sich sichtbar und sprachen zu Fatma und Sergej: „Kommt mit, ihr werdet mit den Predatoren ein Raumschiff bekommen, dieses Raumschiff dient der Bekämpfung und Heilung der Menschen, ihr werdet nach Deutschland, Hamburg, stationiert. Die Lichtwesen und Schattenwesen werden euch begleiten und euch als Gott helfen, die deutsche Sprache zu verstehen. !" Fatma und Sergej folgten den Lichtwesen und Schattenwesen zu ihrem Raumschiff, es war schwarz und rund, dazu noch sehr groß. Die Predatoren-Hybride waren schon bereit zu reisen, die Lichtwesen und Schattenwesen, die das Raumschiff steuerten, begrüßten Fatma und Sergej: „Eure Gottheiten warten schon in Deutschland, Hamburg, auf euch, ihr werdet geführt zu euren Aufgaben."

Das Raumschiff hob ab, es war nichts zu hören, Fatma und Sergej standen im Saal des Raumschiffes und wurden zu ihren Zimmern gebracht: „Dies sind eure Zimmer, ihr seid Nachbarn. Hier werdet ihr übernachten, da ihr in einer anderen Dimension seid, werdet ihr unsichtbar. Wollt ihr sichtbar werden, so müsst ihr es nur denken und ihr werdet wieder sichtbar. Seid vorsichtig, ihr könnt durch Wände laufen, ihr müsst ausgewogen sein, so gilt keine Grenze an euch, die euch beeinflussen tut, ihr könnt und dürft überall hin. Eure Aufgabe besteht darin, in Deutschland, Hamburg, den Menschenhandel zu stoppen, ihr dürft Huren vom Rotlichtmilieu retten, solange sie Zwangsprostituierte sind, eure Gottheiten stehen mit euch im direkten Kontakt, ihr gilt als Medium und seid mit uns verheiratet. Eason und die Kinder werdet ihr wiedersehen. Nun, das war's fürs Erste – ach so, was Drogen angeht, bitte nur Alkohol, Tabak und Cannabis konsumieren und nicht zu viel. Ihr werdet Tom und Jenny kennenlernen, eure Aufgabe wird sich erkenntlich machen." Es dauerte nicht lange und das Raumschiff war am Ziel angekommen, die Piloten parkten unsichtbar über Toms und Jennys Wohnhaus, unsichtbar schwebte das Raumschiff verankert über dem Wohnhaus in Hamburg.

Kapitel 7

Die Hybriden-Familie

Sommer 2022 in Deutschland, Hamburg, die Lichtwesen und Schattenwesen waren mit Jenny beschäftigt. Jenny war vor Kurzem in ihre erste Wohnung eingezogen, ihre Nachbarn waren Hybride, die sich als eine Familie ausgaben und sie führten grundsätzlich Menschen in eine Sucht, die keine richtige Lebensqualität führte. So ergriffen sie die Selbstachtung als Erstes bei ihren Opfern!

Jenny war froh, dass sie endlich eine Wohnung für sich hatte und dementsprechend feierte sie oft Partys in ihrer Wohnung, es war oft laut. Die Lichtwesen und Schattenwesen bestimmten Jenny, weil sie keine Rücksicht auf ihre Nachbarn nahm, die ein kleines Kind haben, das in die 3. Klasse ging, eine Rentnerfamilie, die ihre eigene Ruhe brauchte. Doch Jenny feierte bedenkenlos und rücksichtslos ohne eine Absicht, härtere Drogen zu nehmen als Alkohol und Zigaretten, diese waren bei Jennys Partys erlaubt. Das wollten die Lichtwesen und Schattenwesen durch die Hybriden-Familie, die neben ihr wohnte, ändern. Somit verliehen die Lichtwesen und Schattenwesen Jenny Glücklichkeit, Unbedachtheit, Vertrauen und Unbesorgtheit. Eines Morgens war Jenny bestimmt, die Hybriden-Familie zu treffen und sich mit einem Hybrid aus der Familie zu befreunden, der im gleichen Alter wie Jenny und als ein Drogendealer in der Straße bekannt war! Jenny zog ihre Kleidung an, die sie sich vor Kurzen gekauft hatte, und verließ mit ihrem neuen Look die Wohnung, sie schloss die Tür ab und ging die Treppe runter und traf auf den gleichaltrigen Nachbarn, der ein Hybrid war, er sprach Jenny an: „Hallo, ich bin dein

Nachbar von nebenan, mein Name ist Tom und wie ist dein Name?" Jenny antwortete Tom: „Ich bin Jenny, die neue Nachbarin." Sie unterhielten sich, die Lichtwesen und Schattenwesen haben Jenny das Gefühl genommen, unsicher zu sein, mit fremden Menschen in Kontakt zu kommen, und sie darauf gebracht, sich frische Brötchen zu holen. Tom lächelte Jenny so an, als ob er was von Jenny weiß, Jenny wollte eigentlich wieder zurück in die Wohnung, doch die Lichtwesen gaben ihr das Vertrauen, welches sie ihrem Vater immer gab. So fand sie Tom auf den zweiten Blick doch attraktiv und vergaß, das Lächeln von Tom als bedrohlich einzustufen, sie war etwas von dem Tun von den Lichtwesen und Schattenwesen sowie der Bekanntschaft von Tom überfordert und sagte Tom: „Ich muss jetzt weiter, meine Brötchen holen." Mit einem verlegenen Lächeln wollte sie an Tom vorbeigehen, Tom sagte zu Jenny: „Ich habe fünf Brötchen gekauft, ich und meine Familie essen nur vier Brötchen, das eine kannst du haben, ist mit Mohn." Jenny schaute Tom an und sagte ihm: „Brötchen mit Mohn esse ich am liebsten." Tom gab Jenny das Brötchen und Jenny ging mit Tom zur Tür, er steckte den Schlüssel ins Schloss und lächelte Jenny mysteriös an, das Gleiche tat auch Jenny. Die Lichtwesen und Schattenwesen gaben ihr wieder ein Gefühl der Ähnlichkeit, somit wollte Jenny sich mit Tom anfreunden, doch durch die ganze Aufregung ging Jenny in ihre Wohnung rein. Tom hatte mit den Lichtwesen und Schattenwesen Jenny richtig eingeschätzt und Tom kann mit ihrer Selbstachtung, die durch die Lichtwesen und Schattenwesen gekapert wurde, sie leicht ins Verderben führen.

Die Hybriden-Familie will mit voller Absicht Jenny in den Menschenhandel verkaufen! Die

Mutter von Tom leitet die Bestürzung von Jenny ein, damit sie verhurt wird!

Tom lachte und sah Jenny als Profit für den Geldbeutel, so überlegte die Mutter mit Tom, wie sehr sie Jenny schaden dürften! Die Lichtwesen und Schattenwesen von Jenny waren bestürzt über das Urteil der hybriden Familie.

Kapitel 8

Der Anfang der Sucht

Tom machte Jenny Angst, er klingelte sehr oft und klopfte laut an Jennys Tür, Jenny, die noch schlief, wachte auf und hörte ständig die Klingel und ein Klopfen an der Tür. Sie bekam Angst und die Lichtwesen sowie Schattenwesen nahmen ihr das Kraftfeld, das sie gebar, mit der Emotion Angst an sich, damit konnte man Jenny im Alltag aus dem Ruder werfen, sie machte die Tür auf und sah Tom. „Darf ich reinkommen?", fragte Tom. Jenny ließ Tom rein, da sie ängstlich und verwirrt war, für Tom, der dieses wusste, war es ein leichtes Spiel, sie drogensüchtig zu machen. So saßen Tom und Jenny in der Küche beim Kaffee. Tom wusste, was er mit ihr besprechen sollte, so klang Tom zuerst freundlich und fragte: „Kannst du Brötchen holen?"

Das verneinte Jenny mit einem Fremdgefühl von Angst, doch sie war sehr davon angetan, dass Tom freundlich und ruhig mit ihr umging, obwohl er so oft klingelte und laut klopfte.

Die Lichtwesen und Schattenwesen waren bereit, ihr die erste Injektion zu geben mit der Angst, die sie vorhin hatte. So wusste Tom, dass er jetzt Jenny anschnauzen sollte, Tom begann, lauter zu reden mit Jenny und sie bekam Angst und befürchtete, dass Tom noch fieser zu ihr wird, da sie keine Brötchen holen will. Diese Gedanken wurden von den Lichtwesen und Schattenwesen weiter an Tom überbracht, unscheinbar wusste Jenny nicht, was in diesem Augenblick passierte, sie war wie erstarrt, dass Tom ihre Unlust beklagte und mit Jenny aggressiver redete, weil sie Tom keinen Gefallen tun wollte. So entnahmen die Lichtwesen und Schattenwesen als ihr Gott ihre Kraftfelder, die sie durch Tom gebar, mit der

Angst, die sie hatte, war sie schon als Verdammte eingeordnet worden. Die Lichtwesen und Schattenwesen hatten es mit Tom geschafft, Jenny in eine Falle zu bringen, wo sie ihren Fremdgefühlen nicht standhalten kann und sie ihrer Selbstbeherrschung und Selbstverantwortung nicht mehr gewiss war. Tom freute sich und bedankte sich bei Jenny für den Kaffee: „Das war wirklich gut, Jenny, wenn du die Brötchen nicht holen willst, kann ich welche holen." Tom erwartete von Jenny Zuversicht, dass sie ihn freundlich ansprechen tut, in Jenny war Chaos, sie war wie eine andere Person, sie erkannte sich nicht wieder, ihr Selbstbewusstsein schwankte und Tom fragte sie hinterhältig wie eine Schlange: „Geht's dir nicht gut?" Jennys Atem wurde langsam ruhiger und sie sagte Tom ,dass es ihr irgendwie schlecht gehe und sie unruhig war, daraufhin holte Tom einen Joint raus, das Cannabis im Joint war mit psychedelischen Substanzen gestreckt, er sagte ihr: „Komm, lass uns kiffen, das ist gutes Cannabis, das beruhigt dich wieder!"

Jenny wollte noch einmal versuchen, innerlich ihre Selbstbeherrschung zu finden, doch die Lichtwesen und Schattenwesen gaben ihr das zu Gewissheit, was sie an Selbstvertrauen verlor, ihre Kraftfelder waren gekapert, die Kontrolle über Jenny hatten die Lichtwesen und Schattenwesen, ihr Leib, ihre Seele und ihr Geist waren für Jenny ein ungewisser Trojaner geworden, sie war leer, ihre Beherrschung war ihr egal, sie lächelte Tom an und sagte: „Na gut, ich rauch mit dir den Joint!"

Die Mutter von Tom kam unsichtbar durch die Wand, die in der Küche war, wie ein Vorhang war die Wand aus Stein, die Mutter von Tom tritt näher zu Jenny und verkündete: „So werde ich dir deinen Leichtsinn steigern, den du dem

Nächsten mit deiner lauten Musik und Partys entgegnest, wir werden dir deinen Leichtsinn steigern und dir die Konsequenzen verleihen!"

Dabei saß Jenny Tom gegenüber, sie rauchten den Joint zu Ende und Jenny begann zu lachen, sie war high und fand an Tom Gefallen. Toms Mutter, die unscheinbar unsichtbar mit den Lichtwesen und Schattenwesen in der Küche Jenny und Tom Gesellschaft verlieh, griff Jennys Unterleib an und ihre Brust mit dem Kraftfeld, das die Lichtwesen und Schattenwesen Jenny im berauschten Zustand entnahmen, die Lichtwesen und Schattenwesen berichteten Toms Mutter: „Die Sexualität ist gekapert, der Drang, sich zu entleeren, muss noch entnommen werden!"

Die Lichtwesen und Schattenwesen arbeiteten sich in die Verdauung von Jenny und beschleunigten die Verdauung vom Kaffee, Jenny verspürte den Drang, in die Toilette zu gehen. Die

Lichtwesen und Schattenwesen gebaren ein neues Kraftfeld von Jenny, das ein Trojaner auf Jennys Verdauung war, Jenny fühlte high, dass irgendetwas ihr das zugefügt hat, doch sie sah nur Tom und lachte ihn an und sagte zu Tom: „Komm bitte später wieder, ich muss mich fertig machen." Tom wurde Jenny als ein vertrauter Freund ins Gewissen übermittelt.

Die Mutter nahm ihre Hand mit dem trojanischen Kraftfeld, was Jenny an der Brust hatte. „So, Jenny, so muss es sein, ich gehe jetzt."

„Komm später wieder und bring was mit an Drogen!" Jenny war verwirrt und ihre Selbstbeherrschung wie erloschen, Tom ging aus der Wohnung raus. Die Lichtwesen und Schattenwesen baten die Mutter von Tom, die Wohnung von Jenny zu verlassen, da die Lichtwesen und Schattenwesen mit Jenny aufs Klo gehen mussten, so saß Jenny auf dem Klo! Unsichtbar waren die

Lichtwesen und Schattenwesen ihr am Unterleib, sie entnahmen Urinproben und Kotproben von Jenny, als sie es verrichtete.

Jenny fühlte sich unwohl, ihr kommt es vor, als ob sie keine Privatsphäre hätte, ein unbehagliches Gefühl. Sie bekam von den Lichtwesen und Schattenwesen Hektik als Trojaner auf ihr Körper-Kraftfeld, Jenny konnte nicht still sitzen, als sie versuchte, sich hinzulegen, bekam sie die Aufforderung von den Lichtwesen und Schattenwesen, zu sitzen. So setzte sich Jenny wieder hin und bekam noch mehr Hektik, sie stand auf und wurde noch nervöser, das Stehen konnte sie auch nicht verkraften. Jenny zog sich Schuhe an und ging mit ihren knappen Klamotten raus, sie ging die Treppe runter, es kam ihr vor, als ob sie einen Tunnelblick hatte. Sie war an der Eingangstür unten im Mehrfamilienhaus, es kam ihr vor, als ob sie etwas besessen hatte, Jenny machte die

Tür auf, es kam ein warmer leichter Wind und die Sonne schien auf ihre Haut, doch Jenny konnte dieses nicht genießen, sie wollte nur noch Drogen nehmen. Jenny lief ein paar Meter und sah Tom mit Freunden an einer Bank kiffen. Sie ging hin und war völlig außer sich, die Lichtwesen und Schattenwesen hielten das Körperkraftfeld so lange, bis sie wieder zu einem Joint langte, Jenny ahnte, dass sie wieder kiffen sollte und bekam merkwürdigerweise den Joint von Tom gereicht. Sie zog an ihm und die Lichtwesen und Schattenwesen verringerten das Kraftfeld, das Jenny so ein Unwohlsein vergab, doch sie ließen Änderungen an Jennys Gemüt, somit war Jenny verdammt, Cannabis zu rauchen. Eine Freundin von Tom namens Mari gab Jenny ein Bier, Mari sagte zu Jenny: „Hi, ich bin Mari, eine Freundin und gute Nachbarin von Tom, wäre schön, wenn wir es auch wären, mein Name ist

Mari, wie gesagt, das Bier ist für dich!" Mari lächelte berauscht vom Cannabis und Alkohol, Jenny bekam von den Lichtwesen und Schattenwesen ein Gefühl der Erfüllung, sie sprach zu Mari: „Hi Mari, ich bin Jenny, mir ging's gerade eben ziemlich schlecht, doch jetzt ist es wie verflogen!" Jenny jubelte, da es ihr besser ging, es sah so aus, als ob sie die Drogen feiert, Tom, Mari und der Rest der neuen Freunde von Jenny lächelten und sahen sich nur an und fanden Jenny sympathisch. Toms Freund Barry hob das Bier und gab einen Toast auf Jenny, Jenny freute sich und fand es klasse, mit Tom, Mari, Barry und Jimmy zu kiffen und Bier zu trinken, die Sonne schien auf alle fünf. Die Lichtwesen und Schattenwesen machten sich an die neuen Freunde von Jenny ran, die Lichtwesen und Schattenwesen predigten, um Mari, Barry, Jimmy und Jenny auch zu bestimmen, es vergingen Minuten und die Lichtwesen und Schattenwesen waren mit der Predigt fertig, es kamen die Lichtwesen und Schattenwesen von Mari, Barry und Jimmy zu der Bank, wo die fünf geselligen Freunde sich berauschten und nicht ahnten, dass sie in den Abgrund bestimmt wurden. Die Lichtwesen und Schattenwesen von Mari, Barry und Jimmy bekamen den freien Eintritt in die Königliche Organisierte Illumination, ein Trendsetter für die Lichtwesen und Schattenwesen Neues beigebracht zu bekommen und nah an Herrschaft unbekannt unauffindbar zu sein, die Lichtwesen und Schattenwesen von Mari, Barry und Jimmy fügten allen drei ein Gefühl der Leere mit der Erklärung, dass eine Illumination an allen drei vornahmen, alle wurden nervös und redeten durcheinander, niemand war still, Tom wusste, dass wegen Jenny die drei zum Illuminieren bestimmt waren, was Tom nicht so gut fand, da er als

Drogendealer-Hybrid und falscher Freund von den vier diese selbst illuminieren wollte, um Profit und Anerkennung zu bekommen, Tom sprach zu den vier: „Lass uns kiffen und noch Bier holen!" Tom wollte noch eine weitere Erschütterung an allen vier veranlassen, die Lichtwesen und Schattenwesen haben Toms Gedanken gehört und es auch begrüßt, weitere Vorkehrungen der Illumination durchzuführen. So verschrieb sich Tom mit den Lichtwesen und Schattenwesen der Königlichen Organisierten Illumination. Tom schaute alle vier an, er nahm psychedelisch gestrecktes Cannabis raus, er lächelte alle an und sprach: „Das ist eine ganz besondere Cannabissorte, hier, für jeden etwas für einen Joint, ich gebe einen aus, spart euch das Geld für ein Eis oder für Bier!" Jeder war fassungslos und baute für sich selbst einen Joint, Jenny fiel ein, dass sie noch ihre Freunde hatte von der Schulzeit und die sie von klein auf kannte, die kein Cannabis konsumierten und sie wertschätzen in gewissem Sinne, doch Jenny entschied sich, Drogen zu konsumieren, so postete sie in die Chatgruppe der alten Freunde, dass sie für eine bestimmte Zeit keinen treffen will. Jenny lächelte und fand die Szene mit Tom, Barry, Jimmy und Mari echt cool, Tom baute noch für Jenny den Joint mit psychedelischen Substanzen, Barry, Jimmy und Mari waren auch schon fertig und alle zündeten sich den Joint an und kifften ihn bis zum Ende.

Der nächste Schritt der psychischen Erschütterung stand bevor, die Lichtwesen und Schattenwesen gaben allen vier Spaltung des Körpers zur Seele und Spaltung des Verstandes zum Geiste, alle waren hilflos ausgeliefert. Tom konnte alles an den bestimmen, so erhoben aber die Lichtwesen und Schattenwesen die Bestimmung über Barry, Jimmy, Mari und Jenny, alle waren sehr high und es war ihnen nicht bewusst, in welcher Situation sie sich befanden, Tom sagte noch zu den vier: „Seid ihr bereit für einen Spaziergang?"

Die Lichtwesen und Schattenwesen bestimmten und teilten Tom die nächste Prozedur der Königlichen Organisierten Illumination an.

Kapitel 9

Die dunkle Gestalt

Alle fünf spazierten, es war in Hamburg ein sehr warmer angenehmer Sommertag, die Lichtwesen und Schattenwesen machten von Jennys geistlichem und seelischem Zustand ein Abbild und gaben es Mari, Barry und Jimmy.

Tom wusste, dass alle vier einen psychotischen Zustand hatten, und er unterhielt sich mit den vier manchmal nett, manchmal nicht nett, das tat er, damit die Lichtwesen und Schattenwesen einen Trojaner erschufen auf das Unbewusste, das für die Königliche Organisierte Illumination ein wichtiger Schritt war, somit wurden alle vier in das Verderben gelenkt.

Der Verstand wurde von den Lichtwesen und Schattenwesen beeinflusst, alle bekamen eine Manie auf Menschen, die im Umfeld waren.

Jenny, Mari, Barry und Jimmy bekamen in den Verstand eingetrichtert, dass diese nächsten Menschen, die das Umfeld von ihnen waren, jeden von den vier verfolgten und ihnen etwas Unfaires antun wollten, dieses Bewusstsein griff den Geist an, den Jenny, Mari, Barry und Jimmy in sich hatten, alle wurden paranoid und alle wussten, dass irgendwie ihnen wirklich jemand was antut. Die Lichtwesen und Schattenwesen unterhielten sich und gaben es weiter zum Umfeld der Lichtwesen und Schattenwesen, die die fremden Menschen begleiteten, die sich im Blickfeld befanden von den vier. So sprachen die Schattenwesen ins Bewusstsein von Tom: „Wir haben den Kontakt von den vier, die den Geist illuminiert, alle haben es bestätigt mit dem Symptom Verfolgungswahn, Tom, du musst allen vier mehr Drogen anbieten, damit wir die Seele kapern, somit werden diese körperlich

102

beeinträchtigt und man kann sie noch mehr in die Sucht verleiten, geh mit ihnen in den Hamburger Stadtpark, dort werden wir den vier noch mehr Leid antun, wir werden diese vier organisiert königlich illuminieren, alle vier waren auf das Schema und der Anfechtung auf Krieg und Unruhestiftung anfällig, somit wird Herrschaft unbekannt und unauffindbar unsere Illuminierung begutachten, uns und dir, Tom, werden mehr Möglichkeiten vergeben, im Stadtpark sind schon Hybride aufgestellt, die die vier Manipulieren sollen!" Die Lichtwesen und Schattenwesen gaben Tom Glücklichkeit und Recht, auf alle vier eine Illumination durchzuführen. Jenny, Mari, Barry und Jimmy ahnten eine Hinterhältigkeit von Tom, doch sie vergaben Tom und dachten sich, dass es wahrscheinlich wegen dem Cannabis war, die Lichtwesen und Schattenwesen kaperten den Verstand von den vier und alle bekamen das Gleiche in den Verstand eingetrichtert. Sie fingen an, sich zu unterhalten und verstanden sich echt gut, auch mit der Körpersprache ähneln sich die vier sehr, Tom führte Jenny, Mari, Barry und Jimmy zum Stadtpark von Hamburg, die Lichtwesen und Schattenwesen gaben Tom zur Kenntnis, dass sie die vier zum geeigneten Platz im Stadtpark führen werden, so ging Tom allen vier nach, als sie zum geeigneten Platz im Stadtpark ankamen, ahnte niemand von den vier, dass jetzt eine intensive Illumination an den vier getätigt wird.

Im Stadtpark schwebten Raumschiffe unsichtbar über Tom und den vier Auserwählten. Hybride, getarnt als Menschen, die ihre Freizeit im Stadtpark verbrachten, waren auf die vier fixiert, die Königliche Organisierte Illumination belastete sehr den Geist und die Seele von allen vier, Tom lag auf der Wiese mit Jenny, Mari, Barry und Jimmy.

Jenny, Mari, Barry und Jimmy waren sehr hektisch, obwohl sie auf der Wiese neben Tom sich entspannten, sie sahen zu, wie die getarnten Hybride Fußball spielten, die Hybride wussten, dass Tom und die vier Auserwählten ihnen zuguckten, die Hybride bekamen den Befehl, dunkle Gestalt anzunehmen. So wurde ein Spieler wie ein Schatten, der die vier beobachtet, Jenny, Mari, Barry und Jimmy trauten ihren Augen nicht, die Spieler bewegten sich schneller als ein normaler Mensch, der Spieler, der sich in eine dunkle Gestalt verwandelt hatte, stand plötzlich vor ihnen und beugte sich aggressiv nach Jenny, Mari, Barry und Jimmy. Alle vier erschreckten sich, nach einem Schrei war die dunkle Gestalt wieder im Umfeld der Fußballspieler, die im Stadtpark Hamburg spielten, er wurde wieder normal wie ein Mensch und alle vier wussten nicht genau, was passiert war. Die Lichtwesen und Schattenwesen vergaben Jenny, Mari, Barry und Jimmy Verfolgungswahn, keiner konnte mehr liegen, stehen oder sitzen, ein Schauer überkam alle vier, Jimmy sprach verwundert: „Was zur Hölle passiert mit mir, habt ihr auch solche Halluzinationen?" Jenny, Mari, Barry waren etwas beruhigt, dass sie nicht alleine diese Unregelmäßigkeiten der Wahrnehmung hatten, Tom lachte und gab zur Kenntnis: „Also, ich hab keine Halluzinationen, bei mir ist alles gut!" Die Hybride verwandelten sich als dunkle Gestalten, als sie in die Richtung der fünf liefen, damit Jenny, Mari, Barry und Jimmy sich Sorgen machten, dass die dunkle Gestalt sie verfolgte! Alle waren fassungslos und haben im Gemüt ein unwissendes Gefühl auf die Wahrnehmung der Fußballspieler, dass diese Phantome waren und sie sich vor den retten müssten, jeder von den vier bekam von den Lichtwesen und Schattenwesen Mut, um sich zu verteidigen. Die Hybride mussten jetzt Jenny, Mari, Barry und Jimmy ansprechen und manipulieren, eine kleine Frau stand auf, die bei den Fußballspielern auf der Decke saß, der Hybrid, als eine kleine Frau getarnt, ging zu Tom, Jenny, Mari, Barry und Jimmy, sie verwandelte sich kurz in eine dunkle Gestalt und war wieder die kleine Frau, als sie ankam, sagte sie: „Hi, ich bin Rosa, ich hab euch zugeguckt, wie ihr uns beobachtet!" Sie richtete sich auf und senkte ihren Kopf und machte ihre Augen nach unten, sie fixierte alle vier, Tom lag nur daneben und schüttelte den Kopf zu den vier, als ob sie was Schlimmes sind. Alle vier guckten dann wieder die hybride Frau an namens Rosa, man sah ihr an, dass sie gleich schimpfen wollte, sie sagte zu den vier in einem lauten Ton: „Ja, seid ihr Nazis, dass ihr so unverschämt mir mit meiner Freundin und den Jungs, die Fußball spielen, zuguckt, euer Nazidasein ist für uns eine Beleidigung, ihr Pissköpfe!" Jenny, Mari, Barry und Jimmy bekamen von den Lichtwesen und Schattenwesen den Drang zu pissen, bevor sie mitteilen wollten, dass sie nicht Nazis sind, alle vier wurden rot und waren verstört, dass sie wegen der kleinen Frau jetzt pinkeln wollten. Die Lichtwesen und Schattenwesen gaben Jenny, Mari, Barry und Jimmy das Bewusstsein, zu scheitern und alle reagierten darauf, sich neu zu finden, die kleine Frau namens Rosa drehte sich um und rief zu ihrer Freundin und den Spielern: „Kommt her, das sind Nazis!" Alle vier bekamen von den Lichtwesen und Schattenwesen Todesehrfurcht und die Fußballspieler mit der Freundin gingen aufrichtig mit starker Haltung auf die vier zu, manche wurden wieder eine dunkle Gestalt, damit Jenny, Mari, Barry und Jimmy sich wieder ins Gewissen fragen, ob es real war, kurz bevor sie ankamen, war keiner von denen eine dunkle Gestalt, sie schauten Rosa an und dann auf die vier, die Hybride gaben durch ihre Mimik und Gestik den vier an, dass Tom okay ist, aber mit den vier etwas nicht stimmte, die kleine Frau namens Rosa wurde mit dem Ton wieder lauter: „Das sind Nazis!" Die Hybride schauten die vier an und sprachen zu sich: "Was soll das denn, was machen wir denn mit denen, wir wollen in Ruhe Fußball spielen!" Jenny, Mari, Barry und Jimmy waren kommentarlos verblüfft, was sich bei denen abspielte, die Lichtwesen und Schattenwesen hielten den Drang zu pinkeln von den vier so, dass die ihre Beine kreuzten, um den Drang zu lindern, die Hybride bekamen von den Lichtwesen und Schattenwesen zur Kenntnis, dass es genug war

und man den vier Erschütterungen und Unwohlsein jetzt täglich vergeben kann, die Hybride bekamen ein leichtes Schmunzeln im Gesicht, Tom
nickte mit dem Kopf. Jenny, Mari, Barry und
Jimmy waren seelisch und geistig vergewaltigt,
ihr Körper und Verstand waren im Besitz der
Lichtwesen und Schattenwesen, sie waren alle
vier wie ein Schizophrener, der von den Lichtwesen und Schattenwesen manipuliert worden war,
alles konnte man mit denen jetzt anstellen. Den
Hybriden war bewusst, dass sie gute Arbeit verrichtet hatten, und gingen mit einem Kopfschüt-
teln und einem Blick der Niederträchtigkeit von
Jenny, Mari, Barry und Jimmy wieder weg, es
dauerte nicht lange und Jenny, Mari, Barry und
Jimmy sahen niemanden mehr in ihrem Blickfeld, sie dachten sich alle vier im Verstand, dass
es endlich ruhiger war, die Lichtwesen und
Schattenwesen vergaben den vier etwas

Erleichterung und gaben ihnen danach wieder ein hektisches Gefühl. Tom verschrieb sich den Hybriden an und gab den vier wieder etwas gestrecktes psychedelisches Cannabis, Tom beruhigte alle vier und sie bildeten im Sitzen auf der Wiese einen Kreis und bauten sich einen Joint.

Die Lichtwesen und Schattenwesen befragten Tom, wie es weitergehen sollte, in Gedanken antwortete Tom den Lichtwesen und Schattenwesen, dass sie Barry und Jimmy umbringen sollten, da sie als männliche Dominanz zu Mari und Jenny waren und Tom störten. Die Lichtwesen und Schattenwesen riefen nach den Hybriden, die als dunkle Gestalten an allen vier operierten, die Hybride waren unsichtbar versammelt um Tom, Jenny, Mari, Barry und Jimmy, die kleine Frau Rosa war die Führerin der Hybride und bestimmte, dass man Barry als Ersten illuminiert. Tom sagte zu den vier: „Lasst uns noch die Zeit genießen auf dem Rückweg!" Er sah Barry an und schüttelte nur den Kopf, Barry wurde auserwählt zu sterben, die Hybride gingen voran, um einen Tötungsdelikt an Barry zu vollbringen, jeder war fassungslos und jeder dachte, dass es nur an ihm selbst lag und dass die Droge solche Halluzinationen hervorbrachte. Jenny, Mari, Barry und Jimmy schauten sich gegenseitig nur an und trauten sich nicht, darüber miteinander zu sprechen, sie spazierten aus dem Stadtpark raus und gingen noch die Allee entlang zu einer viel befahrenen Straße, die Hybride waren überall, die Lichtwesen und Schattenwesen gaben den vier die Blickrichtung und fixierten immer einen Hybriden, der sich in eine dunkle Gestalt verwandelte. Alle vier schauten direkt dahin, wo die Lichtwesen und Schattenwesen es wollten, so sahen die vier wieder dunkle Gestalten, die überall hervorkamen, sogar in Autos, die

112

vorbeifuhren, waren dunkle Gestalten am Steuer, die hupten sogar beim Vorbeifahren. Alle vier bekamen wieder Verfolgungswahn, Barry wurde von den Lichtwesen und Schattenwesen Hysterie und Manie vergeben, die Lichtwesen und Schattenwesen redeten in Barrys Verstand, Barry hörte zu der Hysterie und Manie noch Stimmen, die von den Lichtwesen und Schattenwesen hervorkamen, er wurde als schizophren eingestuft und das kurz vor seinem Tod. Sie gingen alle an der viel befahrenen Straße entlang, jeder hat die dunklen Gestalten gesehen, doch nur Barry wurde von den Lichtwesen und Schattenwesen beeinflusst, jeder merkte, dass mit Barry etwas nicht stimmt, Jimmy sagte zu Barry: „Beruhige dich, Digga, ich fahr auch einen Film, das Zeug ist echt heftig, was Tom besorgt hat!" Tom lachte nur und sah Barry und Jimmy an, in seinen Gedanken wollte er Barry und Jimmy tot sehen, da Jenny und Mari hübsche junge Frauen waren. Die Lichtwesen und Schattenwesen riefen die unsichtbaren Hybride, die alle vier beeinflussten, ein Hybrid sollte unsichtbar hinter Barry sein, damit er ihn vor ein Auto schubsen konnte, falls was schiefginge. Tom ging so, dass er Mari und Jenny hinter sich hatte und Barry und Jimmy vor ihm waren, sie waren an einer Ampel stehen geblieben, die Lichtwesen und Schattenwesen gaben Barry eine Halluzination, dass die Ampel grün war, obwohl sie für alle noch rot war. Die Lichtwesen und Schattenwesen klemmten Barry die Hysterie und Manie weg und gaben ihm Ansporn zum Sportmachen, Barry, der vor den vier war, sagte noch, bevor er die Straße überqueren wollte: „Ich werde bald Sport machen!" In dem Moment, als er zu Ende redete, bekam er im Verstand die grüne Ampel zu sehen und trat vor einen Lastkraftwagen, der eine hohe Geschwindigkeit hatte, der Wagen erfasste Barry, die Hybride waren in dem Moment alle weg, die vier realisierten erst, dass es plötzlich weniger Menschen im Umfeld waren, und bedrückt schauten sie auf die überfahrene Leiche, die Barry war. Jimmy schrie, Mari und Jenny brachen in Tränen zusammen, Tom schaute auf die Leiche, die auf der Straße lag, und den Lastkraftwagenfahrer, der fassungslos an Barrys Leiche rüttelte, die Lichtwesen und Schattenwesen entnahmen Barrys Geist und Seele für die ewige Jungheit, sie knieten vor Barry und sagten bei der Entnahme: „Du wirst unser Reich nicht betreten, da du die Nächsten nicht respektierst, somit bist du anfällig auf Kriege, somit bescher uns die Ewige Jungheit!" Die Lichtwesen und Schattenwesen gingen zu Tom und gaben ihm Barrys Kraftfeld, das seine Seele und Geist waren, Tom atmete auf und wurde standhafter, er fühlte die

Vitalität, die Lichtwesen und Schattenwesen sprachen in Toms Verstand: „So nimm es an, es ist dein Verdienst, du hast über sein Leben bestimmt!" Nach wenigen Minuten kam die Polizei mit dem Rettungswagen. Tom, Jenny, Mari und Jimmy wurden befragt, was passiert war, jeder machte ein Geständnis, ein Leichenwagen nahm Barrys Leiche mit und nach einer gewissen Zeit der Befragung von der Polizei durften Tom, Jenny, Mari und Jimmy nach Hause gehen.

Kapitel 10

Jimmy

Tom traf sich mit der kleinen Frau namens Rosa auf dem Raumschiff, das über Tom und Jennys Wohnblock war, sie besprachen die Illumination von Jimmy, die Lichtwesen und Schattenwesen kamen zu Tom und Rosa, sie teilten die Botschaft von Herrschaft unbekannt und unauffindbar mit, wie man Jimmy töten sollte, die Lichtwesen und Schattenwesen warteten auf Fatma und Sergej, bevor sich Tom, Rosa und die Lichtwesen mit den Schattenwesen zu Jimmy auf den Weg machten.

Bei Jimmy in der Wohnung war es still, die Fenster waren noch mit Vorhängen bedeckt, Jimmy schlief noch, als Tom, Rosa, Fatma, Sergej und die Lichtwesen mit den Schattenwesen in die Wohnung unsichtbar reingingen, die Lichtwesen und Schattenwesen unterhielten sich mit den Lichtwesen und Schattenwesen, die Jimmys Gottheiten waren, Jimmys Gottheiten teilten mit, dass Jimmy für die Illumination durch Träume vorbereitet war, somit konnte man ihn erschüttern, wenn er seine Augen aufmachte. Die Lichtwesen und Schattenwesen hatten Tom, Fatma und Sergej gebeten, näher an Jimmy ranzukommen, ein Schattenwesen nahm einen Stab raus, er stach und drückte mit Wucht gegen Jimmys Matratze, sodass Jimmy durch die Erschütterung der Matratze aufwachte, er bekam sofort von den Lichtwesen und Schattenwesen die dramatischen Gedanken über den gestrigen Tag, Jimmy war leer, er verlor seinen Freund Barry und dazu noch erinnerte er sich an die Fußballspieler im Stadtpark, die dunkle Gestalten waren, Rosa kam an Jimmys Körper, der noch im Bett lag, sie wusste, dass Jimmy gleich an sie denken würde, das Schattenwesen spießte mit dem Stab Jimmys Magen an, als Jimmy sich an Rosa erinnerte, bekam er durch einen Handgriff mit dem Stab vom Schattenwesen die Verdauung beschleunigt, Jimmy konnte es nicht fassen, wie schnell in seinem Körper die Verdauung einbrach, dabei dachte er noch an die kleine Frau Rosa, die ihn gestern so sehr mental erschütterte, dass er davon pinkeln musste, Jimmy stand auf und lief schnell in die Toilette, die kleine Frau Rosa lächelte mit Tom, die Lichtwesen und Schattenwesen schauten Fatma und Sergej an und sagten: „Das ist erst der Anfang des Tages für Jimmy, er wird so illuminiert, wie Herrschaft unbekannt und unauffindbar es bestimmt hat, es ist eine Königliche Organisierte Illumination!" Fatma und Sergej schauten sich in der Wohnung um, Rosa nahm ein Plättchen raus, welches LSD war, und tat es in das Glas von Jimmy, wo Cola drin war, die Lichtwesen und Schattenwesen sagten der kleinen Frau Rosa: „Das ist ein guter Zug, um die Bestimmung über Jimmy zu vollziehen!"

Die Lichtwesen und Schattenwesen machten die Musikanlage auf volle Lautstärke und schalteten sie ein, Jimmy, der auf dem Klo saß, sprang etwas auf, als er den lauten Lärm aus der Musikanlage plötzlich hörte, er saß auf der Toilette und machte sich Sorgen, dass sein Tag so anfängt, und dazu noch dachte er über seinen Alptraum nach, den freien Fall vom Himmel, er bekam Hysterie, dazu fühlte er sich so, als ob es bei ihm in der Wohnung spukte. Fatma und Sergej schauten auf das Glas Cola, wo ein LSD-Plättchen von Rosa dazugegeben wurde, das LSD-Plättchen war aufgelöst, die Spülung der Toilette war zu hören, Jimmy hatte sich die Hände gewaschen und kam zum Schlafzimmer, wo Fatma, Sergej und Tom unsichtbar das Tun von Rosa, den Lichtwesen und Schattenwesen beobachteten. Jimmy machte zuerst die Musikanlage leiser, danach stand Jimmy im Raum eine Weile, dabei machten die Lichtwesen und Schattenwesen Jimmy das Glas Cola schmackhaft, Jimmy griff nach dem Glas und trank das bisschen Cola mit dem gestreckten LSD aus, er bekam gleich ein anderes Bewusstsein. Jimmy war jetzt auf LSD und sein Sinn sagte ihm, dass er nicht alleine im Schlafzimmer war, er fluchte rum, Jimmy war sehr laut, Jimmy machte eine Faust und schlug gegen die Tür, innerlich merkte Jimmy, dass etwas sich in ihm veränderte, er bekam Angst und dachte über den kleinen Schluck Cola nach, ob ihm jemand da was reingemacht hatte, die Lichtwesen und Schattenwesen gaben ihm die Erinnerung an die dunklen Gestalten, Jimmy wurde still und ging zur Küche, er machte sich einen Kaffee und rief Tom an, plötzlich hörte Jimmy, wie ein Handy klingelt, obwohl Tom unsichtbar war und alles, was er mit sich trug, war es auch, die Lichtwesen und Schattenwesen machten das Klingeln von Toms Handy nicht hörbar für Jimmy. Jimmy stand auf, als er das Klingeln nicht mehr hörte, er ging in die Stube und schrie: „Bist du das, Tom, was hast du mir in das Glas Cola reingetan, ich weiß, dass du das warst!" Jimmy war komplett auf LSD, die Lichtwesen und Schattenwesen gaben Jimmy den Schal, den Jimmy entwickelte, als er nach Tom schrie, Jimmy wusste jetzt nicht, ob er wieder nach Tom schrie, er ging wieder in die Küche und machte das gekochte Wasser in den Becher, wo sein Kaffee drin war, er nahm den Zucker und sagte sich: „Den Zucker muss ich komplett leer machen!" Er war sehr high auf LSD und löffelte den Zucker in den Kaffee, er dachte über Tom nach und wollte ihn umbringen, er redete sich ein, dass er Toms

Handy klingeln hörte und Tom ihm was in die Cola reingab. Die Lichtwesen und Schattenwesen sagten zu Fatma, Sergej, Rosa und Tom, dass Jimmy gar nicht so falsch lag und sie müssten ihm Behaglichkeit und Rhythmus verleihen, damit Jimmy illuminiert wird, Rosa machte wieder die Anlage auf Zimmerlautstärke an, Jimmy bekam Rhythmus von der Musik, die in der Musikanlage lief, ins Gewissen rein, Jimmy fing an, sich rhythmisch zu bewegen, er ging mit dem überzuckerten Kaffee ins Schlafzimmer, um die Musikanlage anzumachen, doch sie war schon an. Jimmy staunte wieder, die Lichtwesen und Schattenwesen machten aus seinem erstaunten Bewusstsein wieder die Furcht vor den dunklen Gestalten und den Ärger, als Nazi bezeichnet zu werden, er wurde wieder wütend. Auf einmal hörte er an dem Rhythmus der Musik vorbei, die Lichtwesen und Schattenwesen gaben ihm keine

Ruhe, sie erschütterten Jimmy wieder so, dass er Hysterie bekam, er trank den Kaffee aus und bekam von den Lichtwesen und Schattenwesen den Befehl rauszugehen, die Lichtwesen und Schattenwesen beruhigten Jimmy, als er an Tom dachte, und gaben ihm in den Verstand, dass Tom gar nicht da war.

Jimmy war beruhigt, was Tom angeht, doch Tom, der unsichtbar war, ging auf Jimmy los und knallte ihm unsichtbar mit der Faust auf das Gesicht, Jimmy spürte im Gesicht, dass irgendetwas ihn erfasste, eine leichte Erschütterung spürte Jimmy und er fragte sich, ob etwas Unsichtbares ihm ins Gesicht schlug. Jimmy bekam Egalität ins Gewissen von Rosa. Rosa drehte sich zu Fatma und sagte: „Fatma, ich bring dir alles bei, Schwester, was Königliche Organisierte Illumination betrifft." Jimmy hörte die Stimme von Rosa, er erschreckte sich sehr und dachte an die

124

Worte von Rosa, als sie sagte, ob sie Nazis wären mit dem unwissenden Gefühl, Gestalten gesehen zu haben, die man nicht einordnen konnte. Jimmy zog sein T-Shirt aus und lief aus der Wohnung raus, die Musik lief noch im Schlafzimmer und die Wohnungstür schloss sich.

Jimmy lief die Treppe runter, dabei machte er die Schritte rhythmisch, Jimmy sang dabei leise vor sich hin, sein Verstand war ängstlich, er wusste nicht, was mit ihm los war, die Lichtwesen und Schattenwesen hatten den Geisteszustand von Jimmy komplett gekapert, Rosa gab Jimmy einen Trojaner auf die Seele, als er aus der Eingangstür unten rauskam, Rosa machte Jimmys Körper abhängig. Jimmy dachte, wenn er die Eingangstür unten aufmacht und den warmen Sommerwind verspüren würde, dass es ihm besser ginge, doch die Lichtwesen und Schattenwesen bauten Rosas Trojaner auf Jimmys Psyche aus, er war befallen,

Jimmy torkelte die Straße hinunter, die Lichtwesen und Schattenwesen sprachen zu Jimmy, Jimmy hörte Stimmen, Rosa vergab ihm Jubel, das in einem Stadion war, Jimmy bekam ein Gefühl, als ob ihn eine Masse von Menschen feierte, er blieb kurz stehen und machte seinen Körper aufrichtig gerade und winkte in alle Seiten, die Menschen, die an ihm vorbeigingen, dachten sich, dass Jimmy ein komplett irrer Typ sei, Rosa machte sich sichtbar und kam von hinten an Jimmy vorbei, sie schrie ihn an: „Du scheiß Nazi, jetzt bist du komplett hängen geblieben, wirst schon sehen, was ich mit dir mache!" Jimmy sah nur, wie Rosa sich umdrehte von ihm und weiterging, Jimmy ging sich mit beiden Händen durchs Gesicht, er konnte es nicht fassen, was los war, er schaute wieder nach vorne, doch die kleine Frau Rosa war plötzlich weg, er dachte sich, dass er zu Jenny oder Mari gehen sollte, um

126

nicht alleine zu sein, doch die Lichtwesen und Schattenwesen gaben ihm den Frust und Jimmy hörte Stimmen von den Lichtwesen und Schattenwesen: „Bring sie um, nimm ein Messer und bring sie um!" Jimmy war komplett gebrochen: „Jetzt hab ich noch Mordgedanken, was meine Freunde angeht!" Jimmy redete mit sich selbst, die Menschen, die an ihm vorbeigingen und das hörten, wie Jimmy zu sich sprach, dass er Mordgedanken hat, liefen von Jimmy schneller weg, er drehte sich noch um, dabei konnte er es nicht fassen, dass er zu sich so was sagte, die Lichtwesen und Schattenwesen schubsten seinen Körper und zerrten ihn, dabei sprachen sie in Stimmen zu Jimmy: „Bring sie um!" Jimmy ging zu Boden und heulte, er jammerte heulend: „Wieso hört das nicht auf, wieso nur ich, was hab ich getan!" Rosa sagte ihm ins Gewissen: „Du bist doch ein Nazi und willst deine Freunde umbringen!"

Jimmy wurde kurz von den Lichtwesen und Schattenwesen in Ruhe gelassen, er kniete am Boden, sein Gesicht war unten, die Lichtwesen und Schattenwesen sagten ihm: „Komm wieder zur Vernunft!" Jimmy tat das, was die Stimmen ihm sagten, er wurde wieder Herr seines Bewusstseins, die Lichtwesen und Schattenwesen kaperten wieder seine Psyche und wussten jetzt, wie Jimmy sich wieder aufrappelte psychisch, Rosa erschütterte Jimmys Psyche wieder, als Jimmy sich aufrappelte, Jimmy merkte, dass es ein Teufelskreis war, sich unter Kontrolle zu bringen. Jimmy stand auf, die Menschen, die um ihn waren, die ihm helfen wollten, realisierte er gar nicht, er ging einfach die Straße entlang weiter, über den Besuch eines Freundes dachte er gar nicht nach, weil er Angst hatte, wieder Mordgedanken zu bekommen. Die Lichtwesen und Schattenwesen gaben ihm Rhythmus und das

Gefühl vom freien Fall, den er träumte, Jimmy hatte wieder Rhythmus in sich, dazu fühlte er sich so, als ob er fliegen könnte, die Lichtwesen und Schattenwesen gaben ihm noch die Panik, die er im Traum hatte, im freien Fall zu sein, doch Jimmy bewältigte die Panik, die Erschütterungen waren intensiver, die Jimmy bekam, Panik war ihm vom freien Fall egal, Rosa hielt das Bewusstsein von Jimmy fest, dass ihm die Panik im freien Fall egal war. Jimmy hielt kurz an, die Lichtwesen und Schattenwesen sagten Rosa, Tom und Fatma, dass dieses Hochhaus, wo alle stehen geblieben sind, für Jimmys Selbstmord geeignet war. Jimmy stand vor dem Hochhaus, er schaute hoch, die Lichtwesen und Schattenwesen gaben ihm das Gefühl, dass er fliegen kann, Jimmy bekam von den Lichtwesen die Lust, Sport zu machen, Jimmy war komplett benebelt, er dachte, dass der freie Fall von dem Hochhaus eine Sportart war, wo man richtig landen muss, die Lichtwesen und Schattenwesen sagten ihm ins Gewissen: „Mach das jetzt, du hast nicht so viel Zeit!" Jimmys Erschütterungen waren ihm vergessen, die Lichtwesen und Schattenwesen gaben ihm Glückseligkeit ins Bewusstsein sowie den Drang zu fliegen, sie fragten noch Jimmy ins Gewissen,„ ob er keine Angst hätte vor dem freien Fall. Jimmy sagte sich: „Ich habe so viel Schlechtes heute schon durchlebt, da habe ich keine Angst, ein bisschen zu fliegen!" Jimmy stand vor geschlossener Haustür von dem Hochhaus, die Lichtwesen und Schattenwesen warteten mit Rosa, bis jemand aus dem Hochhaus rausgehen würde, damit Jimmy sich Zutritt verschafft, Jimmy bekam eine Starre, er sollte nicht so viel nachdenken, Fatma, Sergej und Tom konnten es nicht fassen, wie die Lichtwesen und

Schattenwesen mit Rosa Jimmy in den Tod führen!

Rosa hatte keine Geduld mehr, sie ging unsichtbar in das Hochhaus rein und kam als ein Mann heraus, der Adolf Hitler ähnelte, Rosa, die einen anderen Menschen verkörperte als Hybrid, sprach noch zu Jimmy und hielt die Tür auf: „Du kannst reinkommen, Sportsfreund!" Jimmy bekam von den Lichtwesen und Schattenwesen Zuversicht verliehen und eine Dankbarkeit gegenüber dem stark ähnlichen Mann, der Adolf Hitler ähnelte, Jimmy schaute den Mann kurz an, als es ihm genug war, er staunte über die Ähnlichkeit zu Adolf Hitler und sagte zu dem Hybriden, als er die Tür griff: „Danke, Adolf Hitler!" Jimmy war alles egal, er hatte nur das Bedürfnis, glücklich zu bleiben und ein freier Fall wäre für Jimmy das Beste, entgegnete Rosa wieder in ihrem Körper unsichtbar neben den Lichtwesen und

Schattenwesen im Fahrstuhl. Fatma, Sergej und Tom waren unten geblieben und schauten hoch auf das Ende des Hochhauses mit der bedrückenden Gewissheit, dass Jimmy gleich Selbstmord begeht. Der Fahrstuhl hielt an, Rosa, die Lichtwesen und Schattenwesen gingen aus dem Fahrstuhl raus, unsichtbar hielten sie die Tür für Jimmy auf, er fand es komisch, dass die Tür von selbst aufgeht, er dachte sich, dass sie automatisch war und ging mit einer Egalität und Spastik aus dem Fahrstuhl raus, das LSD wirkte komplett auf Jimmy, die Erschütterungen, die Jimmy bekam, waren bei Jimmy wie verflogen, er wollte nur fliegen, so wie er es geträumt hatte, nur ohne die Panik, die er im Traum entwickelte. Rosa stand mit den Lichtwesen und Schattenwesen im oberen Stockwerk mit Jimmy, alle schauten auf die verschlossene Tür, die zum Dach vom Hochhaus führte, Rosa machte das Schloss auf, Jimmy hörte nur, wie das Schloss sich umdrehte, das in der Tür war, er konnte es nicht fassen, die Lichtwesen und Schattenwesen gaben ihm das Gefühl, ein Auserwählter zu sein mit Superkräften, er hörte, wie Menschen im Stadion jubelten, Jimmy war den Stimmen dankbar, er fühlte sich wie ein Superstar, er ging vor sich hin und feierte sich: „Ja, ja, ich bin ein Superstar mit Superkräften!" Er ging mit den Lichtwesen und Schattenwesen an den Rand des Hochhauses, Rosa nahm ein Vehikel, das schweben konnte und somit noch Jimmy im freien Fall beeinflussen konnte, Rosa fuhr unsichtbar mit dem Vehikel vor Jimmy, der am Rand stand und Rosa auf dem Vehikel keinen Boden unter sich hatte, die Lichtwesen und Schattenwesen gaben Jimmy Lust zu springen, sie gaben ihm noch die letzten Worte zu hören: „Komm, Sportsfreund, spring hoch und fliege sicher hinunter!" Jimmy sprang an

Rosa vorbei, er fühlte sich wie ein Vogel, Rosa flog mit dem Vehikel schnell runter, Jimmy freute sich, fliegen zu können, Rosa gab Jimmy Selbstbeherrschung, dabei wurde sie für Jimmy kurz sichtbar, er sah die kleine Frau Rosa auf einem schwebenden Vehikel, das neben ihm flog, er sah noch das Lächeln von Rosa und drehte seinen Kopf nach unten. Durch die Vergabe der Selbstbeherrschung wurde Jimmy bewusst, dass er sterben würde, er fing plötzlich an zu schreien und bewegte seine Arme und Beine, er hörte das Rauschen des Windes, als er immer schneller fiel. Fatma und Sergej waren fassungslos, als Jimmys Körper aufprallte und eine riesige Blutpfütze sich bildete, die durch seinen zertrümmerten Kopf entstand, Tom hat applaudiert, er sagte noch zu Rosa, als sie mit dem Vehikel neben der Leiche von Jimmy landete: „Rosa, du bist ein Meister, was Illumination angeht!" Und er applaudierte, die Lichtwesen und Schattenwe-sen landeten wie durch einen Blitz neben Rosa, Tom, Fatma und Sergej. Die Lichtwesen und Schattenwesen sagten zu Tom, dass sich noch zwei Frauen zu der Königlichen Organisierten Il-lumination befanden, die Tom kennt.

Kapitel 11

Mari

Mari machte sich auf den Weg zu Jenny und Tom, sie ahnte nicht, was mit Jimmy passiert war, Mari war leer vom Gefühl, da Barry nicht mehr lebte, sie war gebrochen und weinte, sie nahm das Telefon und rief Tom an, es klingelte bei Tom: „Tom ich bin´s, Mari, hast du was zum Aufmuntern, aber kein Cannabis, etwas Stärkeres!", sprach Mari zu Tom ohne jegliche Selbstachtung und Selbstbeherrschung, die Lichtwesen und Schattenwesen gaben Mari Appetit und Lust, etwas Neues an Drogen auszuprobieren und gaben das in Windeseile an Toms Lichtwesen und Schattenwesen. Tom wusste, wie er antworten sollte, damit Mari auch sich nicht anders entscheiden könnte: „Hallo Mari, natürlich habe ich auch stärkeres Zeug, doch du brauchst eine

Spritze, die bekommst du in der Apotheke!" Tom sprach ganz freundlich und zuversichtlich mit Mari und gab ihr zu erkennen, dass es eine gute Idee war, Mari war klar, was Tom meinte, sie sagte zu Tom: „Eine Spritze, du meinst Heroin?" Dabei kratzte sie sich am Kopf, die Lichtwesen und Schattenwesen gaben Mari Mut und Glücksgefühle sowie Neugier, Heroin zu nehmen, Toms Lichtwesen und Schattenwesen berichteten Toms Mutter, dass es ein zweites Mädchen noch zum Verhuren gab, die Mutter von Tom sagte zu Tom: „Tom, sag, dass sie zwei Spritzen mitbringen soll!" Mari hörte Toms Mutter und überlegte, weswegen sie eine zweite Spritze bräuchte, Mari reagierte auf Toms Mutter und fragte Tom: „Wieso soll ich noch eine Spritze mitbringen, nimmt deine Mutter Heroin?" Tom lachte ganz fies und wurde am Hörer rot vor Wut, doch er ließ sich nichts anmerken und antwortete Mari: „Nein, meine Mutter braucht keine Spritze, sie meinte was anderes!" Mari war etwas durcheinander, da ihr das vorkam, als ob die Mutter von Tom auf die Unterhaltung mit einredete, die Mari und Tom führten durch das Telefon, Tom sagte noch zu Mari: „Obwohl, bring zwei Spritzen mit, die andere ist dann für Jenny, wenn sie auch Heroin nehmen will!" Maris Stimme wurde leiser und nervöser: „Und du, Tom, willst du etwa kein Heroin nehmen!" Tom hatte keinen Bock mehr, mit Mari zu reden, und musste überlegen, ob er Heroin nehmen sollte, da Tom ein Hybrid war, war er immun gegen jegliche Sucht, er kannte keine Sucht, er überlegte und schaute seine Mutter an, die vor ihm stand, sie streckte ihre Hand zum Telefon und sagte zu Tom leise: „Gib mir die Nachwuchsnutte, ich rede mit ihr!" Tom sah seine Mutter an und lächelte, ihm war bewusst, dass Mari mit

138

Jenny verhurt werden, Toms Mutter hatte das Telefon und sprach zu Mari: „Hallo Mari, ich bin Toms Mutter, wenn du kannst, bring vier Spritzen mit, für mich, für Tom, für dich und für Jenny, sie wird es bestimmt auch wollen!" Die Stimme von Toms Mutter klang so, als ob sie heroinsüchtig wäre, als sie mit Mari sprach, sie gab das Telefon wieder Tom, ihre Stimme wurde wieder normal, als sie leise voller Wut über Mari und Jenny sich beklagte, Tom fand das mit der Stimmveränderung als ein Heroinsüchtiger genial und veränderte seine Stimme auch: „Ja, Mari, dann komm vorbei zu uns, wenn du bei mir bist, werden wir Jenny abholen und ihr eine Überraschung machen, meine Mutter und ich brauchen auch eine Spritze, also bring bitte vier Spritzen mit!" Tom schaute seine Mutter an, dabei entgegnete Toms Mutter mit der verstellten Stimme, die ein Heroinsüchtiger hat: „Ich geb aus!" Mari hörte die Gestik von Toms Mutter , die Lichtwesen und Schattenwesen gaben Mari das Gefühl, eine neue Freundin kennenzulernen, die Toms Mutter war. Tom verstellte seine Stimme wieder: „Also, Mari, vier Spritzen mitbringen, meine Mutter gibt aus und sie freut sich, dich kennenzulernen!" Mari war etwas nervös geworden, doch die Lichtwesen und Schattenwesen entnahmen ihr die Liebe zu den Nächsten und gaben ihr das Verlangen nach Drogen, diese Zustände in Mari nahmen ihr die Nervosität und die Entnahme ihrer Selbstbeherrschung, Mari stand in ihrer Wohnung wie auf Hypnose. Die Lichtwesen und Schattenwesen haben Mari eine kleine Hypnose verpasst, um etwas Neues auszuprobieren an Drogen, Mari hatte das Gefühl, etwas erreicht zu haben, sie blinzelte nicht mehr mit den Augen und ihr war es egal, was mit ihr passieren konnte, Tom sprach ins Telefon: „Mari,

bist du noch da!" Die Lichtwesen und Schattenwesen ließen Maris Selbstachtung wieder los
und gaben ihr das Gefühl, loszugehen, Mari kam
von der Starre wieder zu sich, sie war komplett
überlastet, sie sprach zu Tom: „Ja, ich bin da, ich
bring vier Spritzen mit, bis gleich, Tom!" Mari
legte auf, sie ging in die Stube und kostete den
Rotwein, den sie noch halb voll hatte, sie nahm
die Flasche und trank sie fast leer, Mari achtete
nicht darauf, dass bei ihr der Fernseher lief und
die Lichter an waren, ihr war alles egal, sie wollte
nur flüchten und sich hinter dem Drogenkon-
sum verstecken, sie schloss die Wohnung ab, in
der Weinflasche war noch etwas drin, sie ging die
Treppe runter, dabei passierte sie unsichtbare
Wände, die ihre Neugier nach neuen Drogen
noch mehr bekräftigten, als sie die Haustür öffnete, um rauszugehen, war sie wieder wie hypnotisiert, sie wollte die Sonne genießen, doch die

Lichtwesen und Schattenwesen gaben ihr wirres Denken, sodass Mari mental sich nicht selbst findet, sie war hypnotisiert und ging los. Mari trank aus der Weinflasche und gab den letzten Schluck einem Obdachlosen. Über ihr war ein unsichtbares Raumschiff, die Lichtwesen und Schattenwesen ließen Mari keine Ruhe, Maris Körperkraftfeld war befallen von den Machenschaften der Lichtwesen und Schattenwesen, sie wurde so manipuliert, dass es ans Zusammenbrechen angrenzte. Alles, was man ihr sagte, würde sie auch machen, die kleine Rosa kam unsichtbar an sie aus dem Raumschiff, sie flüsterte ihr in die Gedanken, sodass Mari dachte, dass es ihre waren: „Ich probiere das Heroin, ich werde Spaß haben mit Tom und Jenny und ich lerne eine neue Freundin kennen, Toms Mutter!" Rosa gab Mari Spannung in ihr Körperkraftfeld, Mari fühlte sich entschlossen, sie bewegte sich wie eine

Dame, die etwas zu tun hatte, Rosa gab ihr sexuelle Gefühle, die Mari mal zu Männern hatte, ihr wurde Jenny in die Erinnerung gegeben, sodass Maris Sexualität ihren Absichten zu Männern widersprach, die Lichtwesen und Schattenwesen sprachen ihr ins Gewissen, dass Lesbisch sein auch interessant wäre, Mari musste lachen, sie ging die Straße entlang und lachte, die Menschen, die an ihr vorbeigingen, schauten sie empört an, diese Menschen bekamen von den Lichtwesen und Schattenwesen den Befehl, Mari als eine Schlampe anzusehen, die Menschen fluchten sie an beim Vorbeigehen, sie schüttelten den Kopf, Mari musste plötzlich weinen, da ihr das zu unheimlich und zu viel war, Rosa griff ihre Orientierung an und steuerte Mari in die Apotheke, die auf der anderen Straßenseite war! Rosa gab Mari Unsterblichkeit und sie ging, ohne zu schauen auf herkommende Autos, die

die Straße befuhren, Mari hatte sehr viel Glück, sie ging über die Straße mit angehobenem Körper und Kopf, die Autos bremsten ab und hupten, ein paar Autofahrer haben sie als eine komplett irre Person bezeichnet, Mari musste lachen. Die Lichtwesen und Schattenwesen gaben Mari das Gefühl, überlebt zu haben, sie fühlte sich unsterblich, somit war sie abgelenkt, über Heroin nachzudenken, sie ging in die Apotheke rein und war gleich als Erstes dran, sie wollte Spritzen haben und Nadeln, die bekam Mari! Sie packte die Spritzen und Nadeln in die Handtasche und ging mit einem schnellen Gang zu Tom. Mari klingelte bei Jenny, Jenny wurde durch das Klingeln von Mari aufgeweckt, sie torkelte zur Tür, dabei wurde sie ein paarmal von den Lichtwesen und Schattenwesen durch unsichtbare Wände, die sie erschütterten, angegriffen, jedes Mal, als sie so eine Wand durchlief, änderte sich ihr

144

Bewusstsein. Als sie an der Tür ankam, um Mari reinzulassen, war sie ziemlich verwirrt, sie kratzte sich am Kopf und wartete mit geöffneter Tür auf Mari, sie hörte, wie Mari nach oben ging, dabei hatten die Lichtwesen und Schattenwesen die unsichtbaren Wände wieder an Mari verwendet, Mari war auf der Etage und sah Jenny, die sich verwirrt den Kopf kratzte, Mari sah Jenny nur an und klopfte an Toms Tür.

Toms Mutter machte auf und lächelte, sie hatte eine Stimme wie ein Heroinjunkie. Bevor Mari nach Tom fragen konnte, nahm die Mutter einen kleinen Beutel, der voll mit Heroin war, sie redete mit Mari und Jenny, so, als ob sie sich schon lange kennen, Mari und Jenny kam es merkwürdig vor! Beide schauten sich an und die Mutter stand zwischen den beiden und hielt den Beutel mit Heroin, dabei sagte sie: „Heute werden wir uns entspannen!" Mari nahm Toms Mutter an die Hand, Toms Mutter schaute Mari an und wollte sie nur so schnell wie möglich verhuren, Mari und Toms Mutter standen vor Jenny und fragten Jenny, ob sie reindürften, Jenny entgegnete den beiden, dass sie gerne reinkommen dürften. Bevor Jenny die Tür schließen konnte, kam Tom aus seiner Wohnung und folgte Mari und seiner Mutter zu Jennys Stube. Alle vier saßen bei Jenny in der Stube, die Mutter von Tom legte den Beutel mit dem Heroin auf den Tisch, Mari nahm die Spritzen und Nadeln aus ihrer Tasche und legte diese auch auf den Tisch, Jenny und Mari bekamen von den Lichtwesen und Schattenwesen Mut zugeflüstert und Appetit darauf, neue Drogen auszuprobieren, Mari und Jenny konnten es nicht erwarten, mit Toms Mutter und Tom das Heroin zu konsumieren. Tom stand auf und holte aus der Küche einen Löffel, um das Heroin damit anzuheizen, damit es flüssig werden konnte, Tom sagte zu Jenny und Mari, ob sie das Heroin anheizen könnten, im Hintergedanken hatten Tom und seine Mutter die Zuversicht, Jenny und Mari alles beizubringen, wie man Heroin zu konsumieren fertigmachen konnte. Jenny hielt den Löffel und das Feuerzeug, sie schaute Mari noch an, dabei hatten die Lichtwesen und Schattenwesen Mari und Jenny ein unzertrennliches Freundschaftsgefühl verliehen. Die kleine Frau Rosa kam unsichtbar dazu mit Fatma und Sergej, alle drei standen vor dem Tisch, Rosa fing an, Jenny und Mari zu verdammen: „Ihr zwei werdet zu Huren bestimmt, da ihr rücksichtlos zu den Nächsten seid, wenn wir euch nicht verhuren, seid ihr genau die Menschen, die eine Verkettung bilden und die ahnungslos Kriegszustände gebären, wir werden die Königliche Organisierte Illumination an euch weiterführen, Fatma und Sergej, ihr werdet

Jenny und Mari in Orgasmen einschließen mit ihren Lichtwesen und Schattenwesen, die Gott für Jenny und Mari sind!" Tom und Toms Mutter hörten Rosa und entgegneten Jenny und Mari, dass sie von Tom oder Toms Mutter Heroin bekommen könnten, wenn es ihnen danach wäre, Jenny und Mari lächelten. Tom nahm die Spritze mit der Nadel und füllte diese mit dem flüssigen Heroin, er gab das Heroin Jenny, sie war sofort high und bekam von den Lichtwesen und Schattenwesen die Sucht intensiver in ihr Bewusstsein eingetrichtert, sie sagte noch, bevor sie komplett weg war: „Das ist meine Droge, das gefällt mir!" Mari konnte es nun kaum erwarten, Toms Mutter hielt das Feuerzeug unter den Löffel, Mari hielt den Löffel mit dem Heroin und lächelte, Toms Mutter sagte zu Mari: „Jenny gefällt der Drogentrip, dann wird es dir bestimmt auch gefallen!" Mari lächelte, Tom füllte die Spritze mit

148

dem Heroin und gab Mari dieses in den Arm, Mari lehnte sich zurück mit dem Gedanken, dass sie über Jimmys Tod hinwegkommt, dabei schoss ihr immer mehr das Heroin in das Bewusstsein, sie war wie Jenny high, auf ihrem ersten Herointrip, Toms Mutter und Tom ließen das Heroin, was übrig war, für Jenny und Mari, beide machten sich einen Joint. Als Fatma das sah, wollte sie auch etwas davon, sie wurde sichtbar, doch Jenny und Mari waren vertieft mit geschlossenen Augen auf ihrem ersten Herointrip, sie hörten, wie Fatma Tom und Toms Mutter um Cannabis bat, Tom sagte zu Fatma: „Hier, Fatma, das ist sehr gutes Cannabis, ich schenk es dir!" Jenny wollte ihre Augen aufmachen, als sie hörte, dass Tom Fatma sagte, doch die Lichtwesen und Schattenwesen haben Jenny sowie Mari Bedenkenlosigkeit gegeben und das Verlangen nach weiteren Heroinspritzen, Jenny und Mari konnten ihre Augen nicht aufmachen. Sie fragten sich, wer war Fatma, und verloren das Zeitgefühl. Nach ein paar Stunden wurden Jenny und Mari wieder nüchterner, als Tom und Toms Mutter die nächste Ladung Heroin für die beiden vorbereitet hatten, klingelte Maris Telefon. Mari, die high von dem Heroin war, doch wieder wach war, nahm das Telefonat an, Jimmys Mutter war am Telefon, weinend berichtete sie Mari, dass Jimmy Selbstmord begangen hatte, Mari war in einer Schockstarre. Tom hatte sich schon gedacht, dass Mari über Jimmys Tod Bescheid wusste, er tat so, als ob er nicht wissen würde, was passiert war, und er lächelte Mari und Jenny an. Mari fing an zu weinen und sagte Jenny, dass Jimmy auch tot sei, beide weinten, Mari verabschiedete sich von Jimmys Mutter, Mari sagte Jimmys Mutter, dass sie sie anrufen würde in den nächsten Tagen. Mari war

150

fassungslos und noch dazu auf Heroin, sie bekam von Toms Mutter Alkohol, Toms Mutter machte ihr die zweite Dosis Heroin fertig, doch Mari sprach zu Toms Mutter: „Jetzt nicht!" Toms Mutter schaute Mari verachtend an, sie nahm ihre Aufmerksamkeit auf Jenny und gab Jenny Alkohol, dabei hielt sie die Spritze mit dem Heroin Jenny zum Einnehmen vor, doch Jenny griff nach dem Glas Alkohol. Fatma und Sergej waren high von dem Cannabis, die Lichtwesen und Schattenwesen entnahmen Fatmas und Sergejs Rausch und fügten sich den selbst zu, Rosa machte Jenny und Mari das Heroin wieder schmackhaft und den Drang, es zu nehmen.

Es war schon Abend und Mari mit Jenny wurden von dem zweiten Schuss Heroin wieder nüchterner, Fatma mit Sergej waren draußen vor dem Wohnblock und warteten auf Jenny, Mari, Tom und Toms Mutter.

Kapitel 12

Der Kiez

„Wir brechen die Königliche Organisierte Illumination an Jenny und Mari ab, ihr wisst, was zu tun ist!", befahl Herrschaft unbekannt und unauffindbar den Lichtwesen und Schattenwesen, die Gottheiten für Jenny und Mari waren, diese eilten zu Fatma und Sergej, die vor dem Wohnblock auf Tom, Toms Mutter, Jenny und Mari warteten, Fatma und Sergej war bewusst, dass wieder welche sterben würden. Toms Mutter redete wieder mit Jenny und Mari mit normaler Stimme, die Lichtwesen und Schattenwesen, die der kleinen Frau Rosa, Tom und Toms Mutter dienten, gaben Jenny und Mari in das Bewusstsein, dass Toms Mutter keine Aussprache mehr hatte, die Heroinsüchtige üblicherweise hätten, Jenny und Mari bekamen Hilflosigkeit in das Bewusstsein von den Lichtwesen und Schattenwesen, sie schauten Toms Mutter nur an und fragten sich, wie man seine Aussprache so dermaßen verändern konnte. Jenny und Mari war bewusst, dass Toms Mutter und Tom ihnen was vorspielten, Tom grinste ganz fies und forderte Jenny

152

und Mari auf, einen Ausflug zu machen. Wohin es gehen sollte, erfuhren Jenny und Mari nicht, die beiden saßen nur da und vergaßen alles, doch die Lichtwesen und Schattenwesen gaben Jenny und Mari das Verlangen nach mehr Heroin, sie zitterten und den beiden war bewusst, dass sie reingelegt wurden, Toms Mutter erhob ihre Stimme und schimpfte mit Jenny und Mari: „Was sitzt ihr da rum, wir gehen jetzt los!" Jenny und Mari eilten zur Haustür, Tom, der als Letztes rausging, schloss die Tür von Jennys Wohnung ab und behielt die Schlüssel von Jenny in seiner Tasche, Jenny schaute Tom an und war sehr ängstlich, nach ihren Schlüsseln zu fragen, da Toms Mutter andauernd Jenny und Mari mit einer aggressiven Stimme verdammte. Die beiden hilflosen jungen Frauen eilten nach unten, als die beiden durch die Haustür unten rausgegangen waren, sahen sie Fatma und Sergej, beide gingen mit einem schnellen Gang zu Fatma und Sergej, Mari sagte zu Fatma und Sergej: „Helft uns, Tom und Toms Mutter sind abscheulich aggressiv und herablassend!"

Fatma sagte zu Mari und Jenny: „Macht euch keine Sorgen, wir warten schon auf euch und begleiten euch mit Tom und Toms Mutter!" Mari und Jenny schauten sich nur an und fragten Fatma und Sergej: „Wo soll es denn hingehen, Tom und Toms Mutter verheimlichen uns das?" Sergej schaute die beiden an und sagte: „Wir gehen zum Kiez!" Jenny und Mari brachen zusammen und heulten, Fatma und Sergej taten die beiden jungen Frauen leid, man sah ihnen an, dass sie Heroin genommen hatten, die Gottheiten von Jenny und Mari hatten beide mit Standhaftigkeit und Überlebensinstinkt bereichert. Die kleine Frau Rosa kam unsichtbar zu den Lichtwesen und Schattenwesen, die Gottheiten für Jenny und Mari waren, sie entgegneten der unwissenden Rosa, die nichts wusste über die neue Bestimmung der beiden von Herrschaft unbekannt und unauffindbar, Rosa wartete auf eine Reaktion von den Lichtwesen und Schattenwesen, die Gottheiten von Jenny und Mari waren, sie schauten Rosa an und sagten: „Es wird wieder jemand sterben!" Rosa lächelte die anderen Lichtwesen und Schattenwesen an und sie wiederholten den Satz: „Es wird wieder jemand sterben!" Die Lichtwesen und Schattenwesen schauten Rosa entsetzt an und widmeten ihre ganze Barmherzigkeit Jenny und Mari, jeder sah, dass außer Jenny und Mari, die unwissend ängstlich auf

154

Tom und Toms Mutter warteten, Fatma hielt Jenny und Mari in den Armen und sah die unsichtbare Rosa sehr herablassend an. Die kleine Frau Rosa konnte es nicht glauben, dass man Jenny und Mari verschonen sollte, sie ging zu der Haustür vom Wohnblock, da kamen auch schon Tom und Toms Mutter raus, die kleine Frau Rosa erzählte, dass die Lichtwesen und Schattenwesen die Gottheiten für Jenny und Mari waren, sie wieder schützen, Toms Mutter ging einen Schritt zurück und sagte zu Rosa und Tom: „Damit haben wir keinen Schutz mehr und keine Unterstützung von unseren Lichtwesen und Schattenwesen!" Tom, Toms Mutter und Rosa schauten sich um, ob welche Lichtwesen und Schattenwesen oder Hybride, die ihnen zur Seite standen in der Königlichen Organisierten Illumination, zu sehen waren, doch die drei waren alleine. Toms Mutter schaute Tom nur an und bekam Angst um ihn, die kleine Frau Rosa begriff die Befürchtungen von Toms Mutter und fing an, fies zu lachen, Rosa war unsichtbar und Jenny mit Mari sahen Tom mit Toms Mutter, es kam ihnen vor, als ob sie noch mit einer dritten Person redeten, Rosa sah Jenny und Mari an und wusste, dass sie noch Chancen hatte, die beiden zu verhuren, doch sie müsste sichtbar werden.

Die kleine Frau Rosa nahm ihr Vehikel und eilte schnell zum Kiez, bevor Jenny, Mari, Tom, Toms Mutter und Fatma mit Sergej dort ankamen. Die kleine Frau Rosa sah nur sterbliche Zuhälter, Rocker und Huren, sie war von Herrschaft unbekannt und unauffindbar verbannt, die kleine Frau Rosa ging an eine Bar am Tresen, bestellte sich einen Cocktail, neben ihr saßen Zuhälter, die von den Lichtwesen und Schattenwesen tierische Injektionen in ihr Gemüt bekamen, so waren die Zuhälter sehr unberechenbar und hatten nur Böses im Sinne. Die kleine Rosa sah die Lichtwesen und Schattenwesen, doch diese verbannten die kleine Frau Rosa, so bekam Rosa ein Bewusstsein von den Lichtwesen und Schattenwesen wie ein Sterblicher, sie dachte nach, ob sie träumte, dass sie mal zu Herrschaft unbekannt und unauffindbar dazugehörte, doch ihren Zorn, Jenny und Mari zu verhuren, vergaß sie nicht, sie sprach die beiden Zuhälter an: „Seid ihr Zuhälter, ich habe zwei junge Frauen, die heroinsüchtig sind!" Die Zuhälter schauten sich an und einer von ihnen stellte sich auf die andere Seite von Rosa, sodass sie ihr Glas aus den Augen verlieren konnte, die beiden Zuhälter saßen neben Rosa. Rosa, die in der Mitte saß, war umzingelt, der eine Zuhälter, der sich neben ihr an den Tresen setzte, sprach mit dem anderen an Rosa vorbei, die in der Mitte saß: „Heroinabhängige Frauen für unser Geschäft!" Rosa sah erst den linken und dann den rechten Zuhälter an, einer hatte ihr schon K.O.-Tropfen ins Glas reingetan, als sie den anderen Zuhälter ansah. Die kleine Frau Rosa war am Tresen eingesackt, die beiden sagten sich: „Das ging ja schnell!" Sie führten die kleine Frau Rosa in einen Keller, wo sie von anderen Zuhältern Heroin gespritzt bekam, die Lichtwesen und Schattenwesen, die im Kiez zuständig waren, bekamen den Befehl, Rosa in Orgasmen einzuschließen, so wäre sie sehr launisch und das Entkommen ihrer Laune wäre Sex. Die kleine Frau Rosa wurde bestimmt und konnte sich auch daraus nicht mehr retten, die Zuhälter informierten die Rocker über die beiden jungen Frauen, die Rosa den Zuhältern anbot. Es formierten sich Rocker, sodass die Zuhälter erst mal im Verborgenen verweilten, die Lichtwesen und Schattenwesen bekamen den Befehl Jenny, Mari, Fatma und Sergej zur Seite zu stehen. Die Lichtwesen und Schattenwesen von Jenny und Mari kamen zu den Lichtwesen und Schattenwesen vom Kiez, sie besprachen die Lage und offenbarten Tote.

Tom und Toms Mutter gingen vor Jenny und Mari, hinter ihnen waren Fatma und Sergej, Fatma wollte nur Tom und Toms Mutter umbringen für das, was sie getan hatten und noch vorhatten, doch Tom und Toms Mutter waren Verbannte wie die kleine Frau Rosa, unwissend über Rosas Schicksal betraten sie den Kiez, die Mutter von Tom nahm Jenny und Mari an den Arm, sie ging in der Mitte mit den beiden, so als ob sie ausliefern wollte, das war auch ihre Absicht, doch Toms Mutter hatte Angst um Tom, die Lichtwesen und Schattenwesen nahmen Tom und Toms Mutter die Einsicht in das Reich von Herrschaft unbekannt und unauffindbar, so war Tom und Toms Mutter bewusst, zu wem sie mal gehörten, doch ihnen kam es vor wie ein Traum, Tom war nur bewusst, dass er seine Drogen verkaufen wollte und mit seiner Mutter Jenny und Mari verhuren. Die Rocker sahen es Tom und Toms Mutter an, dass sie etwas im Schilde führten, da sie sich auffällig abstoßend zu Jenny und Mari verhielten, Fatma und Sergej entriegelten die Waffen, die sie unter ihren Oberteilen hatten. Die Rocker kamen zu Tom und Toms Mutter, doch sie schauten die beiden wütend an und boten Mari und Jenny Freundschaft an, die Rocker sprachen Fatma und Sergej an: „Was ist los hier, was wollt ihr!" Fatma sah Tom und Toms Mutter an und sprach zu den Rockern: „Der Bastard, der Tom heißt, und die Schlampe, die seine Mutter ist, verkaufen Drogen und versuchen sich als Menschenhändler!" Die Rocker schauten sich an und lächelten Fatma und Sergej an, Tom wurde sauer, er trat den Rockern, Fatma und Sergej näher und war noch der Überzeugung von Herrschaft unbekannt und unauffindbar seinen Hybriden-Schutz zu bekommen, doch Toms Mutter wusste, dass sie keinen Schutz mehr bekamen. Sie hielt Tom und zerrte ihn nach hinten, doch Tom sagte voller Selbstachtung und Furchtlosigkeit: „Ihr könnt die zwei Schlampen haben, dazu bekommt ihr noch Fatma und Sergej als einen Schwulen, dazu kann ich euch mit Drogen beliefern!" Die Rocker lachten ihn aus und führten die sechs in einen Hinterhof, wo ein großer Schornstein war, ein Rocker sprach etwas laut und aufdringlich noch mal Tom an: „Also noch mal, du verkaufst mir Fatma und Sergej und die beiden, wie heißen sie?" Der Rocker schaute auf die beiden hilflosen jungen Frauen, Tom und Toms

Mutter lachten, sie sagte zu dem Rocker: „Das sind Jenny und Mari!" Der Rocker sah Fatma und Sergej an, er merkte, dass mit Fatma und Sergej nicht zu scherzen war, er sprach Sergej und Fatma an: „Falls ihr den Bastard Tom und seine Schlampenmutter erschießen wollt, dann bitte, die Leichen verbrennen wir hier im Schornstein!" Fatma und Sergej zuckten ihre Waffen, so schoss Fatma Toms Mutter in den Kopf, Sergej wartete und schaute Tom an, wie er hinter seiner Mutter schrie, Sergej kam näher an Tom und Tom bekam eine Kugel in den Unterleib und nach einer Minute eine in den Kopf! Die Lichtwesen und Schattenwesen berichteten mit dem Ewigen Jungbrunnen auf dem Raumschiff, dass Tom und Toms Mutter tot seien, die anderen Lichtwesen und Schattenwesen befahlen, die kleine Frau Rosa zu töten, so eilten die Gottheiten von Jenny und Mari zu den Zuhältern, die Rosa mit Heroin versorgten, sie gaben den Zuhältern wieder tierische Kraftfelder, so nahm ein Zuhälter die Spritze voll mit Heroin und spritzte Rosa alles in die Vene, Rosas Atem versagte, sie erstickte an dem Goldenen Schuss.

Der Rocker, der Fatma und Sergej zur Seite stand, warf die Leiche von Tom und Toms

160

Mutter in den großen Schornstein, so sahen Jenny, Mari, Fatma und Sergej, wie die Leichen verbrannten, der Rocker nahm das Handy und rief Jenny, Mari, Fatma und Sergej ein Taxi, er sagte noch zu Fatma und Sergej: „Bringt die beiden jungen Frauen in die Psychiatrie, dort finden sie Hilfe." Die vier stiegen in das Taxi und der Rocker klopfte an die Scheibe des Taxifahrers, er sagte dem Taxifahrer: „Bring zuerst die beiden jungen Frauen in die Psychiatrie und dann Fatma und Sergej dahin, wo sie hinwollen!" Der Rocker gab dem Taxifahrer dafür 50 Euro und sie fuhren zur Psychiatrie los.

Kapitel 13

Die Psychiatrie

Jenny und Mari waren gerettet, dieses Gefühl bekamen beide ins Gemüt injiziert durch ihre Lichtwesen und Schattenwesen, die Gottheiten für Jenny und Mari waren, die Lichtwesen und Schattenwesen haben ihr Trauma auch noch verstärkt, sodass Jenny und Mari in das Reich von Herrschaft unbekannt und unauffindbar mit einem Bein schon mal drin waren, das äußerte sich bei Jenny und Mari so, dass sie Stimmen hörten von den Lichtwesen und Schattenwesen, sie drehten sich um zu Fatma und Sergej, auch schauten sich die beiden in alle Richtungen um, sie realisierten, dass etwas Unbekanntes mit ihnen kommunizieren wollte, Jenny und Mari waren somit mit den Lichtwesen und Schattenwesen verheiratet, das bedeutet, dass beide schizophren paranoid waren. In der Notfallaufnahme schilderten Jenny und Mari, dass mit ihnen etwas kommunizieren tut, doch sie sehen es nicht, der Arzt sagte beiden: „Das ist sehr interessant, normalerweise haben Patienten eine eigene Wahrnehmung und schildern, Stimmen zu hören, doch ihr beide meint, dass etwas mit euch kommunizieren will, was Beherrschung aussagt, trotzdem seid ihr diagnostiziert als paranoid schizophren, habt ihr Drogen genommen?" Mari schaute Jenny an und sagte dem Arzt: „Cannabis und zweimal Heroin gespritzt!" Jenny schaute Mari an und sagte dem Arzt: „Ich habe auch Cannabis konsumiert und zweimal Heroin gespritzt!" Der Arzt war erleichtert, dass es nur zwei Spritzen Heroin waren, er sagte den beiden: „Ihr werdet einen kalten Entzug machen und ungefähr sechs Monate in der Psychiatrie verweilen, wir werden euch Psychopharmaka geben gegen die Stimmen, hattet ihr Halluzinationen?" Mari schaute Jenny an und entgegnete dem Arzt: „Ich habe dunkle Gestalten gesehen!" Jenny nahm tief Luft und befürwortete dieses: „Ich habe auch dunkle Gestalten gesehen!" Der Arzt bekam etwas Angst um die beiden da, die beiden, die gleiche Geschehnisse gesehen hatten, doch er nahm noch mal tief Luft und die Lichtwesen und Schattenwesen gaben dem Arzt in den Verstand, dass es nur Halluzinationen waren und seine Schulmedizin das wahre im Leben

163

war, dazu gaben die Lichtwesen und Schattenwesen Besorgtheit dem Arzt um Jenny und Mari,
der Arzt schaute noch die beiden an und fragte,
ob jemand für die beiden da sei, beide waren innerlich erleichtert über Fatma und Sergej und
gleichzeitig sagten sie dem Arzt: „Fatma und
Sergej." Beide mussten lachen und Jenny sagte
dem Arzt noch: „Fatma und Sergej sind auch
hier, wir sind mit den beiden hierhergekommen." Der Arzt ging in den Wartebereich und
rief: „Fatma und Sergej, die mit Jenny und Mari
hierhergekommen sind?" Niemand antwortete.
Fatma und Sergej waren vorsorglich mit den
Lichtwesen und Schattenwesen auf dem Weg
zum Raumschiff, da die beiden nicht wussten, ob
sie von Jenny und Mari verraten wurden, weil sie
Tom und Toms Mutter erschossen hatten. Die
Lichtwesen und Schattenwesen, die Gottheiten
für Jenny und Mari waren, kommunizierten mit
den Lichtwesen und Schattenwesen, die unsichtbar für die Patienten in der Psychiatrie waren,
diese Lichtwesen und Schattenwesen waren darauf spezialisiert, die akut kranken Menschen
aus der akuten Psychose mit der Hilfe von den
Menschen, die dort arbeiteten, und den
164

getarnten Hybriden, die Patient oder Psychologe
sowie Mitarbeiter und Ärzte waren. Mit der
Hilfe von Psychopharmaka bekamen die Patienten die Möglichkeit, von den akuten Symptomen
der Psychosen schneller rauszukommen und
modern unwissend über das Reich von Herrschaft unbekannt und unauffindbar nicht zu
glauben und sich auf die Oberflächlichkeit der
modernen Schulmedizin trügerisch leiten zu lassen und zu vertrauen, welches die Patienten sehr
bemindert und das Reich von Herrschaft unbekannt und unauffindbar noch mehr unscheinba-
rer vermochte.

Jenny und Mari waren auf der geschlossen Psychiatrie, die Lichtwesen und Schattenwesen, die
Gottheiten für Jenny und Mari waren, zupften an
einem Patienten rum, der stark aggressiv war,
die Lichtwesen und Schattenwesen injizierten
dem Patienten Behaglichkeit und Freude ins Gemüt, der aggressive Patient verarbeitete dieses in
seiner inneren Unruhe als eine Belastung, er
hatte komplett vergessen, was Freude war, so

wurde er depressiv und nach kurzer Zeit schrie er rum und randalierte, die Lichtwesen und Schattenwesen, die Gott für Jenny und Mari waren, injizierten auch Jenny und Mari Behaglichkeit und Freude, Jenny und Mari reagierten auf die Injektion im Gemüt ganz gesund, sie schauten sich an und wussten, dass sie gerettet waren. Als Jenny und Mari an dem aggressiven Patienten vorbeigingen, beruhigten die Pflegekräfte ihn, es war sehr warm in der geschlossenen Psychiatrie, da jedes Fenster offen war und draußen eine starke Hitze herrschte. Jenny und Mari waren in ihrem Zimmer, beide warteten auf das Mittagessen, beide legten sich auf ihre Betten und beide verschnauften ihr Glück gleichzeitig, der Psychologe kam rein, der ein Hybrid war, er begrüßte Jenny und Mari und fragte: „Welche Tür wollt ihr nehmen, die rechte oder die linke?" Jenny und Mari wussten nicht worum es ging,

Jenny sagte: „Rechte Tür!", und Mari sagte: „Linke Tür!" Der Psychologe stand da und tat so, als ob er was aufschrieb, die Lichtwesen und Schattenwesen drangen in den Verstand von Jenny und Mari, so konnten sie den Geist von Jenny und Mari stärken, wenn beide richtig auf die Frage reagierten, die Lichtwesen und Schattenwesen lauschten den Gedanken von Jenny und Mari, was sich wohl hinter den Türen befand, die rechts oder links waren, beide hatten Hoffnung, einen Weg zu finden, wieder so glücklich zu sein, wie es bei den beiden mal war, die Lichtwesen und Schattenwesen berichteten dem Hybrid-Psychologen, dass Jenny und Mari eine richtige Entscheidung für sich trafen, der Psychologe hat die Botschaft von Jennys und Maris Lichtwesen und Schattenwesen registriert und sagte noch zu Jenny und Mari: „Die Psychopharmaka werden euch ruhigstellen, euer kalter

Entzug vom Heroin, so hoffe ich, wird für euch nicht allzu schwer sein!"

Der Psychologe verabschiedete sich höflich und wünschte Jenny und Mari einen schönen Tag.